こどもの目をおとなの目に重ねて

中村桂子

青土社

こどもの目をおとなの目に重ねて　目次

こどもの視線でのぞいてみれば

永遠の自由研究者たち

生きものたちとひざをあわせて

発展を問い直す

平和への祈り

こどもの目をおとなの目に重ねて

はじめに

三十年ほど前のことです。「生命誌研究館」という場を創り、そこで「生きているとはどういうことだろう」という問いをゆっくり考え、そこから「どう生きるか」を探る活動をしたいと思うようになりました。幸い、大勢の方の応援をいただき、「それでどんなお金儲けができるの」とか「どんな役に立つの」と聞かれることなく「生命誌」という知を創り、それをさまざまな形で表現するという生活を楽しんできました。

チョウ、クモ、カエル、ハチなどなど、できるだけ小さくて多様な生きものを見つめ、それを構成する細胞やその中ではたらくDNAなどの分子を調べる研究室からの報告をもとに、生きものが語る物語を紡いでいく作業は、これ以上の楽しさを求めるのは無理と思わせる日々でした。

生きものたちは多様であり、それぞれ、生きることに懸命なのですが、結局何をしているかと言えば、「いのちを続けていくこと」です。一つ一つの生きものが、時を紡ぎ、自分に与えられたいのちを次の世代へと渡してきたことで、三十八億年という長い間「生きものの世界」が続いてきたのです。私たち人間も生きものとして生まれたのですから、どのように生きるかについては、連綿と続いてきた生きものの世界の中でこそ探っていくものなのではないでしょうか。時を追ってそのような気持が強くなっています。

ところで、私たちが生まれ落ちた現代文明社会には、生きものを見つめることから生き方を探るなどという考え方はみじんもありません。今ここにいる「私」が、欲望を満たし、今を楽しめるようにすることを目的として、そのために新しい技術を開発し、大量の人工物を作って自然離れした世界をつくることで、よりよい生活ができるというのが、現代社会を支える考え方です。もちろん「私」は大事ですが、それは多様な生きものの中で独自性を出すからこそ意味があるのであって、周囲を見つめない「私」は本当の私ではないでしょう。

今の社会では、生きものであることは束縛であり、死はマイナスそのもの、できればないものにしたいとされています。けれども、実際には私たちが生きものであることを止めるわけにはいきません。そこで、一見華やかに見える現代社会は、実はたくさんの問題を抱えています。地球環境問題は、次世代を代表してスウェーデンの少女グレタ・トゥンベリさんが「あなたは私たちの未来を盗んでいる」と指摘しました。過当な競争の中で疲れ果て、心が壊れる人も増えています。生きものをよく見つめ、そこから学びとったことを生かして「人間が生きものであること」を積極的に捉えた社会をつくる努力をすることは、これまでの進歩主義から見ると消極的に見えるかもしれませんが、実はより暮らしやすい社会づくりにつながるはずです。しかも新しい挑戦であり、逃げではないのです。

生きものの眼で見ると、今の社会での生き方の問題が、自ずと浮き彫りになってきます。それらを紹介したり、それに刺激されて私自身の生き方を考えたりした小さな文を集めてみませんかと言われて生まれたのが本書です。私自身、集まったものを読み直し、一つ一つは日常的な事柄ですが、これからの生き方にとって大事なことに眼を向けたものになっていると思っています。大事なことに気づかせて下さった方がたくさんいらっしゃることが思い出され、それを生かしていかなければならないという思いを強くしました。

生きものの面白さの一つは、変わっていくことです。昨日のあなたと今日のあなたは違っている。こうして赤ちゃんから始まっての子ども時代、おとなとして社会の中心となって生活を支えていく時代、少しずつ年齢を重ねた結果の老人としての時間など……それぞれの時がそれぞれに生きる意味を与えてくれます。子どもだから何もできないわけではありません。本文に登場する誰も手をつけなかったタネの会社を起業する中学三年生は、決して特別には見えない、普通の男の子であるところがとても魅力的です。

実は生きものという眼で見ると、大事な言葉が「普通」になってくるということに最近気づきました。今は競争を求め、一つの物指しで測った結果見えてくる数や量ですべてを示す社会ですから、「普通」という言葉が使いにくいのです。普通を示す数値があり、そこからはずれてはいけないという眼があるからです。

一方で、一つの物指しの中で上へ上へという上昇志向が強く、スポーツで言うならオリンピックのメダルがすばらしさの象徴になります。もちろん百メートルを九秒台で走り抜ける若者の姿、サッカーでみごとなシュートを決めた瞬間の選手などは見ているだけで気持ちよく、私もそれを大いに楽しみます。でも、メダルの数となると、国と国との競争が見えてきて、そうじゃないでしょうと言いたくなります。スポーツの基本は、普通の人が普通の生活の中で楽しむところにあり、その中ですばらしい能力をもつ仲間が選手として活躍することを楽しむものでしょう。スポーツ科学の専門家から苦しんでいる選手も多いと聞き、スポーツを愛する一人として、それは違うと思います。

生きものの世界は、アリも普通ならライオンも普通。自分なりに生きている姿を示すのが普通であり、とても大切なことなのです。

生きものは本来、次の世代に生を渡して死ぬという形になっていますが、人間は公衆衛生、栄養向上、医療などいのちを支えるシステムをつくり、寿命を全うできる社会づくりをしてきました。人間という生きものは、年齢を重ねても普通の生き方が大事であり、本書に登場して下さる串田孫一さん、吉田秀和さんなどがすてきなおじいさんの姿を見せて下さったことの意味はますます大きくなっています。

「普通」と並んで最近私の中で浮かび上がってきたのが「おんなの子」です。オスとメスがあるということも生きものの特徴です（もっとも生命誕生から二十億年ほどは単細胞生物の世界であり、そこではオス、メスは大きな意味をもっていませんでした）。生きものを研究していると、人間社会での感覚と少し異なる眼で物を見てしまうところがあるかもしれません。オス、メスなどという言葉も、日常会話で使うものではありませんね。ただここでは、たとえばジェンダーとしての女性という意味よりもっと生きものに近い感覚を生かしたいので、敢えてメスという言葉を使いました。生きものは続いていくことが重要ですので、自然界ではメスを中心に物事が動いています。オス、メスあっての世界ですが、実体感はメスの方にあります。以前多田富雄先生とのお話で「実体はメスでオスはどこか通り過ぎる感覚がありますす」と申し上げたら、「なるほどそうか。オスは現象ということだね」とおっしゃったのが印象的でした。私が「おんなの子」と表現する対象は、まさに生きることについて実体感たっぷりの存在です。

一方、現在喧伝される「女性の活躍」は、これまで男性がつくってきた競争型の社会で大いに働きなさいということであり、私の感覚ではちょっと違います。石牟礼道子さん、鶴見和子さんなど、社会の中でその活動が異形を放ち、評価されている女性には、本質、私の言葉にするなら「ふつうのおんなの子」の感覚が見られます。このような言い方は失礼に聞こえるかもしれませんが、私の中では最高の評価であり、このような見方でお仕事を評価し、これからに生かしていくことが重要だと思っています。石牟礼さんについて書いた文では、〝お茶目〟という一見そぐわないと思われそうな言葉を使いました。書かれたものの底にいつも小さなおんなの子の感じが流れているのが魅力と思ったからです。

実は、このような能力をもつのは女性に限りません。宮沢賢治や南方熊楠などの中には、生きものとして自然と深く関わった生き方があり、それはふつうのおんなの子に近いものです。ですからこれからの社会は女性がつくっていくものだなどと言うつもりはありません。生きものとしての実体感のある生き方を大事にしていきたいと願うのです。

このような生き方を基本に置く社会をイメージすると、まず浮かぶのは、地球上に暮らすホモ・サピエンスという仲間意識です。アフリカで誕生し、サピエンスとして地球のあらゆる場所を棲み家として楽しむことを可能にしたすばらしい仲間たちですから、この地球を暮らしやすい場として皆で共に生きていく姿が浮かびます。

共に生きることの具体は「平和」です。文字を見るだけで気持ちよい平和という言葉が、あのカントの中でみごとに「永遠平和」という形で考えられていたことを知った時には、快哉を叫びました。イマヌエル・カント『永遠平和のために』は今本棚の大切な本コーナーの一番目立つところに置いてあります。武力による争いなどという、どう考えても野蛮で魅力的でない行為は止めるに越したことはないでしょう。しかも七十七億を越す人々が暮らすには、他の生きものたちの力が必要ですし、地球が持つ資源を上手に生かしていかなければなりません。すでに述べたように地球破壊の現状を見るにつけても、戦闘機を飛ばしたり爆弾を落としたりしている余裕はないのが実態です。美しいこととしての平和でなく、そのように生きるのがもっとも現実的という平和を考える時が来ていると言えるでしょう。

本書の最初に加古里子さんに御登場いただきました。その眼は常に次世代を生きる子どもたちに向けられています。声を上げて遊ぶ子どもたちの姿にこそ、生きる本質があるという現実は、「ふつうのおんなの子」の見方と重なります。

今はコロナウイルスの感染拡大を防ぐために外出を控え、自宅待機の最中です。一九一八年にインフルエンザによって約四千万人が死亡したというパンデミックはよく知られており、新しいウイルスで同じようなパンデミックが起きる危険性は常にあると専門家の間では語られてきました。しかし、今それが起きるとは思っていなかったというのが本音です。知識はあっても、それを自分の生活と結びつけて考えるのがいかに難しいかと思わせます。これこそ「人間は生きものである」というところから考えなければならないテーマです。本書は、編集者がこれまでに書いたものを集めて下さったものであり、コロナウイルスを直接扱ったものにはなっていませんが、ここで考えている生き方は、コロナウイルスの存在を意識しての生き方につながると思います。

人間は生きものというあたりまえ過ぎるくらいあたりまえのことを一緒に考え、日常の大切さを意識していただけたら幸いです。

「こどもの視線でのぞいてみれば」

生活の中での子どもをよく見て、子どもの言葉を聞く

――加古里子さんと生命誌の出会い

毎日の大半を過すデスクの脇に木枠の額があります。

ＢＲＨの皆様に
　よりたくましく
　より美しく
　よりすこやかに
　　一九九四・一二・一三
　　　かこさとし

とあり、加古さんの絵本でおなじみの男の子と女の子が元気よく走っている絵が描いてあります。BRH、つまり生命誌研究館が開館したのが一九九三年の六月ですから、開館後間もなく、まだ研究館の存在もあまり知られていなかった頃にいらして下さったことになります。

ところで、このメッセージ、当時研究館で行なっていた展示のポスターの裏に書かれているのです。通常は色紙、少なくとも新しい紙に書くものでしょうが、止める暇もなく、手元にあった紙にサラサラッと書いてしまわれました。

ここで、加古さんが企業の技術者としてのお仕事の傍らセツルメントの子どもたちに紙芝居を作って見せていた時代について書かれた文を思い出しました。その頃研究所での論文書きに追われる中で、大事な論文の紙の裏に思わず紙芝居を描いていたと書かれていました。会社勤務でいらっしゃったので、お仕事の傍らと書きましたが、実は子どもたちが大好きでいらした加古さんとしてはセツルメントの傍らの会社だったのかもしれません。決して会社のお仕事の手を抜いていたなどと思っているのではありません。加古さんの何事にも真摯に向き合われる姿勢はよく存じあげていますから。でも心の底には常に子どもを大切に思う気持がおありになったに違いなく、論文の裏に思わず紙芝居を描かれたその時を想像し、勝手にニヤリとしてしまうのです。

私の部屋にあるメッセージもその時と同じ気持で書いて下さったのでしょう。研究館の館員はもちろんおとなですけれど、まだでき立てで、海のものとも山のものともわからない生命誌をいっしょうけんめい創りあげようとしている私たちに対して、子どもへの応援と同じ気持を持って下さったのだろうと思うのです。そこで、たまたま眼の前にあった紙の裏に応援メッセージを書いて下さった。裏の文字が少し透けて見える額を見ながら加古さんの、小さなもの、芽生えてくるものへの優しい眼ざしを思うのです。

ところで、大阪府高槻市という、東京の友人を誘うと、必ずそんな遠い所へ行くのはねえと二の足を踏まれる場所へ、加古さんがいらして下さったのにはわけがあります。

加古さんが自然について書かれた絵本の始まりは『かわ』でした。一九六六年初版で、山の奥で生まれた小さな水の流れが山あいを下り、平野までできてゆったりと海へと続く、川の一生の本ですが、加古さんの本の特徴は、川そのものだけでなく流れる周辺が詳かに描かれていることです。小さな現実の一つ一つを見る楽しみ、とくに子どもはこれが好きです。実はこの年に誕生した長女、その三年後に生まれた長男と二人共に『かわ』が大好きでした。その後、川が集まってできた『海』（一九六九年）、海の存在を特徴とする天体である『地球――その中をさぐろう』（一九七五年）、そして地球も含めての『宇宙――そのひろがりをしろう』（一九七八年）とこの流れは続きました。これぞ科学絵本シリーズです。加古さんの本は、徹底的な調査によってその時点での科学の最先端を含みながら、科学知識の伝達を意図するものではありません。ましてや新しい知識を教えてやるぞという雰囲気はどこにもありません。まず、加古さんが、知りたい人になり、一緒に考えるのです。話はいつも身近なところから始まります。『宇宙』の一ページ目は、窓辺に置いてある机と窓から見えるビル群です。机にはハガキ、マッチ、エンピツ、クリップなどが置いてあり、隅に「イヌノミ」がいます。ノミは体の百倍も高くとび上り、百五十倍も遠くへとびます。もし人間がこれだけとべたら窓の外のビルをとび越えるでしょう。子どもが自分の体で実感できるようにするための工夫です。ここから始まって世界はどんどん広がります。ジェット機に乗り、ついにロケットで広い宇宙へとび出すことができました。そして人間は、百五十億光年（今では百三十八億光年という数字になっています）という宇宙の果てまで知る旅を続けていくのです。加古さんは書きます。「私たちのたびもこれでおわらねばなりません。このおおきなうちゅうは、にんげんがはたらいたり、かんがえたり、たのしんだりするところです」と。一番身近なところから始まり、全体を捉え、それを単なる知識で終えずに、その自然の中に私たちがいるのだということを実感させる。これが加古さんです。『宇宙』の絵本が出版された後、『これでおしまいですね』と言われ、つい『いや、宇宙より大きくてすごいテーマがあります』と言ってしまったんですよ」。来館された加古さんはこう言われました。加古さんが宇宙より大きいと思われたのは「人間」です。「人を書くとしたら、子どもたちに、自分がなんであるか、どういう生きものであるかを知って欲しいと思って勉強しました。あれこれ考えているうちに、私たち人間は二度とない貴重な時間を経てきたらしいことに気づいたのです。その中でそれが三十八億年という長い時間であり、体の中にその歴史が書き込まれているという『生命誌』に出会い、これは話を聞かなきゃいけないと思ったんですよ」。

長い導入になりましたが、絵本『人間』（一九九五年）を書くための勉強にいらしたというわけです。驚きました。『人間』を書こうと思われたのは『宇宙』の刊行直後ということですから、研究館へいらしたのはそれから十六年もたってのことになります。その間、医学や発生生物学はもちろん、社会学なども勉強され、最後に生命誌まで取り入れて下さるということになったわけです。十七年間もかけての一冊の本、加古さんもすごいけれど、熟成を待っている編集者もすごいですね。こういう時間の大切さが今忘れられているように思います。じっくり時間をかけて本当によいものをつくる文化のある社会を豊かと言うのではないでしょうか。しかも、この本の「あとがき」に書かれたエピソードには心動かされます。『人間』の執筆をしている間に、ラジオ子ども電話相談で小学校低学年のおんなの子が「お風呂に入る時に見るとお母さんのお腹には傷がありません。だから私はお母さんの子ではないのではないでしょうか」と涙声で訴えているのを聞かれたのだそうです。その時の解答者たちの説明ではおんなの子の疑問は解けずじまいでした。それが気になっていた加古さんは、『人間』の中でていねいに誕生の話を書きます。もう十年もたってしまったので「あまりにおそい答」に質問者は苦笑されるでしょうと言い訳をしながら。これが加古さんです。とにかく「生活の中での子どもをよく見て、子どもの言葉を聞く」のです。子どもの本はこれでなければ書けるはずがありません。絵と文字が並んでさえいれば絵本になるわけではありません。子どもの言葉を聞いているから、子どもが喜んで読み、おとなも楽しんだり学んだりできるのです。本物の絵本です。

『人間』は「かがくの本」と分類されています。確かに、生物学や医学の知識が生かされた「かがくの本」ですが、加古さんはここで、人間が集まると行き違いや過ちが起きたり対立やいがみ合いが起こることを書いています。お金のやりとりから争いが起き、時には武器を使う戦争にもなるという現実を述べています。死についても触れています。人間は地球上の生物の一つであること、しかも他の生きものともつながっていることを意識し、人間至上主義にならないことを伝えたかったと書いておられます。「科学」は一つの専門分野としての約束事を持ってはいますが、「かがくの本」では狭い科学に捉われない方がよい本になるのではないでしょうか。人間について書くならその本質を問うことが求められます。絵本という形で、これをみごとに行なっている加古さん。十七年という時間をかけてこの一冊を創りあげた姿勢に多くを教えられます。

ところで、『人間』にも生かされている、「生活の中での子どもをよく見て、子どもの言葉を聞く」という加古さんの基本姿勢から生まれたみごとな、私の大好きな作品が「伝承遊び考」です。『お絵描き遊び考』『石けり遊び考』『鬼遊び考』『じゃんけん遊び考』の四巻から成り、日本中の子どもの遊びがすべて入っています。これまた長い年月をかけてのお仕事です。

　この作業をなさって気づいたことを加古さんは次のように書いておられます。「子どもが興味を持つものは森羅万象で、千差万別で、曖昧で不確実であるけれども、失敗や忘却などを重ねて、要するに時間エネルギーの乱費、消費をするのです。そんな無駄なことをする暇があったら、英語の単語の一つでも、と考えるのがこの頃の風潮でしょうけれど、遊びは唯一、成長ということのために必要なのです。そういうことを僕は子どもたちに教えられました。この遊びというものを通じて。子どもの成長が必要ないならば、遊びもへチマもないわけです」。「生きているから成長する。生きていないと成長しない。生きるということを放擲するなら、要するに死にたいなら、遊ばなくていい。子どもの遊びは、やめにさせていただいて結構。だけど子どもを生かそうとするなら、遊びは不可欠です。子どもは、どろんこ遊びをしたり、変なことをするのだけれど。それをよかれと思っていろいろ怒ったりすることは、それはおとな同士でやること。親ごさんとしては当然なのですが。無駄な遊びが大切であることだけは、解ったのです」。「おとなが関与するのは、子どもが三歳頃までは、愛おしんで育んでください。それから後は、子どもが自分でやろうとしなくては、どんな貴重なことでも、どんなすばらしいことでも身につかないのです」。

　言葉は穏やかですが、内容は厳しいものです。「生きるということを放擲するなら、要するに死にたいなら遊ばなくていい。子どもの遊びは、やめさせていただいて結構」。長い体験あっての言葉です。キッパリと言い切る。いつもちょっと控え目な加古さんだけにこの言い切りは意味があります。

この本を見ていると、子どもの頃を思い出します。中学生の時、新制で校舎も、したがって運動場もないために、昼休みなど狭いところでもできる遊びとして石けりを楽しみました。加古さんの本を見ると、石けりの形も、地方により、時代により多種多様で、こんな単純な遊びでも、子どもたちが楽しんでいるうちに次々と工夫が加えられていくことを実感します。キャアキャアと時間を忘れて遊んでいる子どもたちの声が聞こえてくるようです。

加古さんはこの本をまとめた結果、次のようなことが明らかになったと書いています。①外遊びの多種多様さ（展開の系譜あり）②時代・地域による変化、世相・社会の影響③人数・季節・天候・時刻・場所などに呼応する工夫とその結果の複雑と簡易の二極化④風・光・草・木・小動物という自然との関わり⑤異年齢男女混合から自他関係の自覚と対応。共生と共楽⑥不全・不良・反徳な行為・イタズラの挿入。野卑・わいせつ・下品への関心と抑圧の発散。

遊びは生きることであるということがよくわかります。ここでとくに興味深いのは⑥です。⑤でよい子になる一方、誰にも⑥があり、ここを通過していくことがまさに成長でしょう。これがないと本当の成長ができないと言ってもよいかもしれません。ただ、加古さんの観察では、一九九〇年以降このような遊びがほとんど消えてしまっているとのことです。これぞ生きることでありこれによって成長していくのだとされる遊びが消えてしまうことが、これからの社会にどのような影響を与えるのでしょう。心配です。

子どもが興味を持つ森羅万象を三百項目にまで落し込み、この項目別に子どもなりの理解ができるような本を創らなければいけないというのが加古さんの出発点であり、現在です。僕だけではこのすべてはできないとおっしゃる気持はわかります。でもそこまで追求したのは加古さんだけです。それを多くの人と共有すると共に加古さんにしかできないことを是非これからも続けて下さい。多くの人との共有と言えば、以前、加古総合研究所のお集まりに参加した時、加賀乙彦さんや辻惟雄さんがセツルメントのお仲間としていらっしゃいました。加賀さんが、「里子」っていうからどんなお嬢さんかと思ったらゴツイのが現れてねと楽しそうに思い出を語られました。こういうすてきな方たちも巻き込んで、〝未来のダルマちゃん〟が生き生き遊び成長する社会をつくるために、すてきな絵本を描いて下さい。よろしくお願いいいたします（生命誌も微力ながらお手伝いします）。

万年おじいさんとの愉快な時間

ターララターラララタラララララー……ヴィヴァルディの室内協奏曲ニ長調の第二楽章ラルゴだ。串田孫一という名を見たり聞いたりすると必ずこのメロディが頭の中を流れる。というよりこのメロディと結びついての串田孫一しか知らないと言う方が正しいかもしれない。日曜日の朝七時半。平日ならとうに起きて慌ただしく朝の仕度をしている時間である。習慣でめざめてはいるのだが、折角の休日なのにベッドを離れるのは惜しい。そんな中でラジオのスイッチを入れると聞こえてくるのがヴィヴァルディのラルゴ、続いて串田孫一の自作の詩の朗読だった。「音楽の絵本」。資料を見たら一九六五年の四月、FM東京（当時はFM東海）で深夜の放送として始まり、しばらくして朝に移ったとある。私が聴き始めたのは朝になってからであり、正確な時は憶えていないが、子育てに忙しかった頃、つまり三十代初めだったので開始後それほどたってはいなかったことになる。以来、この時間は生活に欠かせない要素として存在し続けてきた。

実は、「音楽の絵本」を初めて聴いた時、その静かな声の持ち主をおじいさんと思ってしまったのである。これまた資料によると五十歳で始めたとあるので、おじいさんとするのはちょっと早かったことになるが、語られる一つ一つの言葉と語り口から、老成・老熟などとにかく「老」という文字を思い浮かべてしまったのだ。それから三十年もの長い間番組は続いたので、いつもおじいさんということになり、我が家では「万年おじいさん」という名称が定着した（失礼なと叱られそうだが、心からの尊敬の念をこめての命名である）。たとえば、レイモン・ペイネ『ペイネ・愛の本』（みすず書房）の解説に串田孫一とあると、「万年おじいさんよ。きっとすてきな解説でしょうね」と言って求めるという具合だった。番組終了は一九九四年なので、最後の方は正真正銘の「おじいさん」でいらしたわけだが、ふしぎなことに最後まで年齢の変化を感じなかった。これほどの間同じスタイルで何事もないかのように一つの番組を続けられたそのことが、串田孫一の生き方を示していると思う。

実は我が家だけの秘かな「万年おじいさん」が、もう一人存在していた。音楽評論家の吉田秀和、こちらはNHK-FMから流れる「名曲のたのしみ」を毎週必ず聴いていた。一九七一年に放送開始、二〇一二年に亡くなるまで四十年間続いた番組だったから、こちらもいつの頃からか「万年おじいさん」という感じになってきたのである。これらの番組でのお二人の語り方にはそれぞれ独自のものがあり、恐らくお人柄もまったく異なるのだろう。ただ、静かに、ゆったりと、しかし確たる自分を表現するという点は同じだった。

この二つの番組を通してお二人から伝わってくる「品のある文化」がどれだけ日常を豊かにしてくれたことだろう。そして今、このような思索と夢とがないまぜになった充実感のある時間を楽しむことが、私の日常の中で、いや社会全体で難しくなってしまった。このような文化は消えたと言っても過言ではない。お二人に見合う方を探そうとしても無理、少なくともラジオからこのような番組が流れてくることはもう期待できない。串田が一九一五（大正四）年、吉田が一九一三（大正二）年生まれとほぼ同年であることを考えると、このような方が生まれる社会ではなくなってしまったということだろうか。なんだか寂しく悲しい。二度とこのような社会は取り戻せないのだろうかと考え込む。

「音楽の絵本」で読まれた詩の一つ、「エレベーター」を見よう。

エレベーターに大勢乗れば
知らない人を
互いに信じなければならない
エレベーターの中に二人になると
横目を使って
それとなく観察し
疑うようなことになる

そしてエレベーターにたった一人になると
自ら捕われの身となり
その孤独を誤魔化し切れず
体操などをする

三十年間に読まれた詩は千五百。その中には、小鳥や雲や花などを通して自然を詠む串田孫一らしい美しいものがたくさんあるのに、なぜこれなのかと言われそうだが、この感じが何とも言えず好きだ。すべての詩がそうだが、どこにも難しい言葉はなく、扱っているのは日常である。高層ビルが次々と建てられる昨今、エレベーターはまさに日常そのものになってきた。小さな空間の中に知らない人たちと一緒に入る時、私も同じ感じを抱く。それなのに、たった一人になるとなんだか落ち着かない。そこで孤独を感じるという独自の感性を持つ串田が、その孤独をもてあましてラジオ体操まがいのことをやっている様子を想像すると、思わず噴き出してしまう。フランス哲学研究者、山を愛し自然観察に優れた詩人、『博物誌』(平凡社ライブラリー、二〇〇二)に見られるようなお洒落な絵を描き、音楽を愛し自らもリコーダーやハープを演奏する人。作品群からの串田像はダンディそのものである。その人が孤独を誤魔化し切れなくなり、誰にも見られない閉じた空間であるのをよいことにオイチニとやると言われホッとすると同時に、日常が単なる日常でなくなる妙に感嘆するのだ。

『ペイネ・愛の本』の解説に串田はこう書いている。「『恋愛論』というような、題目を見ただけでも胸苦しさを覚えるような本も、お読みになったと思います。しかし考え方次第で、お互いに愛することは、うれしかったり、悲しかったり、恥ずかしかったりまた苦しかったりするばかりではなく、ユーモラスなことでもあります。はたから見ていて滑稽であるばかりでなく、自分がおかしくなることもあると思います。ペイネはこのことを一番うまく絵によって考えてくれたと思います」。恋愛だけでなく、生きることのすべてにはどこかユーモラスなのであり、そうでなければつまらないという生き方が串田の作品には見られ、それに惹かれる。詩も随想も一つ一つの言葉は磨き抜かれ、しかも抑制がきいていながら、どこかユーモラスなものが隠されていることが品を感じさせるのだと思う。そう言えば、動植物を描いた絵も、失礼ながら巧みといえるものではないが、それぞれの生きものの特徴をうまく捉えているうえにどこかユーモラスだ。

「慰め」という随想も好きだ。「失敗をしてすっかり沈み込んでいる人を慰めて欲しいと頼まれた。御座なりの慰めの言葉は止めよう。散歩や食事に誘って応じてくれるくらいなら慰める必要などない。昨日今日に始まった附合いではないのだからとにかく訪ねてみよう。」、(要約)とある。「訪問して三日後に、私は彼からの手紙を受取った。『僕を慰めに来て呉れたことはよく分かっていたが、多分仏頂面をしていたに違いない。悪いけれども君の慰め方は余りうまくはない。然しもう暫くすれば元気になれるから、その時は君の慰問が転機になったことにして上げるから心配しないように』。私は逆にすっかり慰められてしまった」。思わず笑いながら、なんとすてきな関係なんだろうと羨ましくなる。近年つながりが大切と叫ばれるが、それは逆に、このようにみごとな関係が失なわれているということなのだろう。

このような形で滲み出てくる魅力は、山を歩き、自然を愛し、身近な生きものたちをていねいに観察し、それらを通して思索を重ねられたからこそ得られたものに違いない。このように感じるのは、長い間生きものの研究の世界で過ごしてきた私の思い込みだけではなかろう。『博物誌』は、何も考えずにパッと開いたページを楽しむことにしているのだが、今日は「葦」だった。ここにはパスカルと共にモンテーニュが登場する。彼は葦はまず茎を伸ばし、後から慌てて節を作るところがみっともないと言っているのだそうだ。節を作りながら伸びろということだろう。ここで串田はモンテーニュの観察が間違っており、実際の葦は節を作りながら伸びてゆくのだと教えてくれる。だから私たちは葦を見習えばよいのだとも。自然観察に長けた串田ならではの論であり楽しい。こんな時、自然を自分で感じることが大事なのはもちろんだが、それと同じくらい、みごとな文、すてきな人を通して自然に接することもすばらしい体験だと思うのである。

菜の葉にとまれ

「ちょうちょう　ちょうちょう　菜の葉にとまれ　菜の葉にあいたら　桜にとまれ　桜の花の花から花へ　とまれよ遊べ　遊べよとまれ」

春になると誰もが口ずさむ唱歌である。私たち日本人は四季のうつろいを楽しむ。春夏秋冬それぞれに趣があるが、寒い冬の間、春の到来を待ち望む気持は特別である。とくに今年は、立春を過ぎてから関東以西の太平洋側が思わぬ大雪に見舞われるなど、異常ともいえる寒さだったので、花の咲くのが待ち遠しかった。

最初にあげた「ちょうちょう」は、明治の初めに学制を敷いた時に、海外から導入したメロディーに詞をつけたものである。学校制度も欧米を参考にしたので、当初は大学は九月、小学校は一月が新学期だったようだ。それがだんだんに四月入学になったのはなぜか。正確な理由は知らないが、春に始まりを感じたのではないだろうか。ピカピカのランドセルを背負った一年生は、満開の桜の下を歩くのが似合っている。そして皆で「ちょうちょう」を歌うのである。

ところで私たちは、この唱歌は美しい自然を描いているとする。桜の歌は数知れずあるし、菜の花も、「菜の花畑に入日薄れ　見渡す山の端霞深し　春風そよ吹く空を見れば夕月かかりて匂い淡し」とあるように春の光景には欠かせない。共に豊かな自然の象徴である。

しかし考えてみると、桜も菜の花も人間が植えたものである。菜の花の場合、とくに明治以降に栽培が盛んになったセイヨウアブラナが、あのどこまでも続く黄色の本体であり、歌に歌われたのもこれではなかろうか。春には季節の菜として楽しむが、主体は油の採取である。この歌が作られた頃に比べ、今では油用の栽培はかなり減っているが、信州のノザワナなど観光用も兼ねて栽培されており、変わらず美しい風景だ。一方、日本中の街でみられる桜並木は専ら観賞用であり、ソメイヨシノが多い。これは、東京染井の植木屋さんが売り出したものに始まり、今風の表現をするならクローンである。そのために一斉に開花し、その時期の予想ができる。花見の宴を楽しむのに適しているわけだ。

このように、日本人の好む自然は、まったくの野生ではなく美しく整えられた風景なのである。荒々しさのない、ある程度コントロールできる自然の中での生活を楽しむのだ。そして春は、菜の花と桜がその代表選手となる。

ところで、チョウといえば花、花といえばチョウというのが自然な連想だが、「ちょうちょう」の歌では、菜の葉にとまれと言っているところに注目したい。サナギで冬を越したチョウが、春先に殻を破って翅を広げる。咲きほこる花の間をヒラヒラ舞う姿はまさに遊んでいるようだ。しかしチョウは遊んでいるのだろうか。卵から幼虫、そこからサナギを経て生まれ出たチョウがあまり長くない一生の中で行なうべきことの一つは餌の摂取だが、それ以上に大事なのが次の世代を残すことである。遊んではいられない。

餌は花の蜜、花の間を舞いながら蜜を吸い、ついでに花粉運びもする。植物の次世代残しのお手伝いだ。一方、チョウ自身も交尾、産卵の必要がある。ところで、チョウの幼虫は大変な偏食であり、特定の植物の葉しか食べない。なじみのあるアゲハチョウを見ても、ナミアゲハやシロオビアゲハはミカン類、キアゲハはセリの仲間、アオスジアゲハはクスノキの仲間とさまざまだ。そして、菜の葉を食べるのはモンシロチョウの幼虫である。恐らく母チョウが菜の葉に卵を産むためにとまっていたのではないだろうか。

ところで母チョウは、どのようにしてたくさんの緑の葉の中から幼虫が食べる葉を見つけるのだろう。ナミアゲハで調べたところ、面白いことがわかってきた。ミカンの葉にやってきたナミアゲハのメスは、まず葉をトントンと叩く。ドラミングと呼ばれる行為だ。その後、葉の裏に産卵するのである。ドラミングに鍵があるに違いないと考え、葉を叩く前脚を拡大してみると、その前方にメス特有の毛が生えている。この毛の構造は、私たちの舌にある味蕾とまったく同じであり、神経細胞から成る。つまりアゲハチョウはここでミカンの葉に含まれている化合物の味を見ているのである。感覚毛にある神経細胞ではたらく味覚受容体の遺伝子を探し、この受容体がミカンにある産卵刺激物質の一つシネフリンに反応することがわかった。モンシロチョウは菜の葉にある産卵刺激物質に反応し、卵を産んでいるに違いない。子どもが、充分餌を食べて育つために必要な作業を、間違いなく行なうしくみだ。母親は皆大したものである。

そういえば、桜の樹からも毛虫が落ちてくる。ただしこれは、アメリカシロヒトリやモンクロシャチホコなど蛾の幼虫で、残念ながら成虫は美しくない。これでは歌にはなりそうもない。それに、モンシロチョウは低いところを飛ぶ習性があり、桜には行かないのである。さて、科学の眼でこの歌を見直すか、歌は歌として楽しむか。考えどころである。

小学校農業科のすばらしさ

チンパンジーを総合的に研究することで、人間とは何かを知ろうとしている松沢哲郎さん（京都大学高等研究院特別教授）のお仕事には教えられることが多い。松沢さんのよき相手であるチンパンジーのアイとコンピュータ上に現れる数字を瞬時に認識してボタンを押す競争をして完敗した時に伺った話が、とくに印象に残っている。食べものの採取、敵の認知など森の中での瞬時の判断を必要とするチンパンジーはその能力に長けていること、その能力を活かした学習は大好きで、喜んで学ぶことをまず教えていただいた。しかし、他の個体には、たとえ自分の子どもであっても決して教えないというのである。

自分の経験や知識を他の個体に教えるのは人間だけ。だからこそ人間にとって教育は大切なのだと言える。しかし一方で、チンパンジーには他のしぐさを見てまねることで学習する能力がある。つまり、生きものとして受け継いできた能力として、生きていくうえで大切な事柄は誰もが進んで学ぶようにできていることを忘れてはいけない。その事実を踏まえたうえでの教育でありたいと思うのである。社会が勝手な構想を描き、それに合わせた人材づくりを教育と称して、子どもたちが本来持っている学ぶ力、新しい可能性を自らが拓いていこうとする気持を削いではいけない。自分の力を自分で磨いていくようにすることが重要である。

ここで我田引水となるのをお許しいただくなら、「自然に学ぶ」ことを基本に置くことによって、このような教育が可能になると考えている。しかも、これまでのいくつかの体験から、「農業教育」を核とすることが一つのよい選択ではないかと思うのである。グローバルと言われ、ＩＴの時代と言われる時に、英語でもコンピュータでもなく農業を核にしようなどというのは時代錯誤と思われるかもしれないが、あらゆることに意欲的になれる人間を育てる力を農業教育は持っていると信じている。二〇〇七年四月から十年以上続いている「喜多方市小学校農業科」の例でその理由を語ろう。実は、農業高校との長いおつき合いから、農業教育の中に人間教育の基本を見出していたので、もし小学校でそれができたらすばらしいはずだと長い間考えてはいた。しかし現実には難しかろうとも思っていた。ところがある時、その願いを理解して下さった福島県喜多方市長が、実践なさったのである。市に推進協議会を設置し、特区として試みに三校から始め、今では市内十七校全校が参加するこの活動を支える教育委員会の活躍には、目を見張るものがある。これまでの体験から教育委員会は文部科学省の方を向いており、新しいことは避ける組織ではないかと勝手に思い込んでいたことを深く反省している。教科書をつくり、そこで小学生になぜ農業が大切かを三つの面から説明している。第一は「第二の自然」とも言える人間が手を入れた自然（農地）を守る大切さ、第二は、人間と作物としての生きものとの関係の長い歴史、第三は農業と本来の自然との関わりである。そして、最も大切なのは作物は「つくる」ことはできないことを知ることだと語っている。それは自分で育っているので、時に思いどおりにならないこともあるが、それが自然なのだという文のすばらしさに感激した。これを見ただけでも教育の原点ここにありと思う。

先生方は必ずしも農業に通じているとは言えないので、地域の人々の手助けが必要であり、今では百人ほどのボランティアが関わっている。そのお一人から届いた手紙には、「現代農業は技術を重視するが、子どもたちには、生きものへの心で作物は育つと伝えている」とあった。

現在は、総合学習として年間十三時間、子どもたちの時間割の中に「農業」という時間がある。決して多くはないが、「種から始める」「できるだけ手をかける」「ゴールを見据えて作付けする」という基本方針の下、一年中作物に関わり、学び続けることになる。これが重要なのである。田植えや稲刈りに参加するという一時的な体験を行事に組み入れている学校はふえてきているようだが、一年中自然と関わり続けることがこの教育の基本である。それによってこそ学べることがたくさんある。一年の学習の終りに皆で作文を書くのだが、そこには子どもたちが積極的に学びとった事柄が書かれており、どの子も「生きる力」を手にしたことを実感させる。「枝豆に水やりをしながら、大きくなれよと話しかけました」と書く三年生、「私は農業から苦労を感じる力、勇気を持つ力、思いの力、感謝の力などをもらいました」という五年生。これぞ教育だと思う。農業科は、収穫したものを家族とともに楽しくいただくことによって、家族のつながりを深めるはたらきをしている。生活との一体化である。

残念なのは、この活動が他へ広がっていかないことである。関心を持つ自治体は少なからずあり、見学も多いとのことだが、実施に踏み切るところまで行かないようだ。最初に触れたように、農業高校もすばらしい教育の場であるのに、文部科学省がそれを減らす方向にあるのは、評価を誤っているとしか思えない。「農業が持つ教育の力」を高く評価して欲しいし、二十一世紀の生き方はここから生まれるとまで思っている。

農業への危機感と希望と

「タネの話をするから聞いてほしい――。」「そうと聞いて大喜びで前のめり気味に話を聞きたがる人は、日本中探してもほとんどいないだろう……ということは、一応、自分でも分かっているつもりだ。」

このように始まる小林宙『タネの未来　僕が15歳でタネの会社を起業したわけ』（家の光協会）の著者は、中学三年生でタネに関する会社をつくり、高校二年生の今は、大学受験を気にしながらも「学業以外の時間をすべてタネにつぎ込んでいる」。その思いを語ろうというのだから、ここはじっくり聞こうじゃないか。一人のおとなとしてそう思う。

小さい頃から公園でドングリや松ぼっくりを集めることが大好きだった著者は、小学校でのアサガオ栽培でのタネ採りに始まり、植物を育てることに熱中する。そのうち、タネから野菜を育てたいと思うようになり、野菜栽培に関する本を片っ端から読んでいく。対象はいつのまにか古書にまで広がり、昭和初期の「農業」の教科書に、すでに栽培されなくなっている国産種を見つけ、これを育てたくなる。

そこで始まったタネ探し。幸い、長野、新潟、岩手という農業県に親戚がいるので、そこのタネ屋巡りに始まり、中学生になるとインターネットで調べるようにもなる。その中で目的のタネも種苗《しゅびょう》店も消えていきつつあることに気づく。長い間受け継がれてきたタネは一度途絶えたら二度と手に入らない。それは地域の文化を失うことでもある。

ここで著者は決心する。これはもう趣味ではない。お小遣いでは旅費も足りなくなってきたし、事業にしよう。目的は、日本の伝統野菜のタネを守ること。それには「地域を越えてタネの需要を生み出し、全国規模で流通させる仕組みが必要だ」。そこで高校合格を手にした中学三年生が父親と一緒に税務署に開業届を提出する。屋号は「鶴頸《かくけい》種苗流通プロモーション」。無名の伝統野菜のタネを流通させる仕事の始まりだ。

高校生がここまで決心したのは、このままではタネは必ず消えるという危機意識からである。課題は三つある。まず、特定の組織や個人が世界中のタネを独占すること。タネの主流はＦ１と呼ばれる一代限りのものになっており、今も多くを大企業が持っている。次に、温暖化などの環境変化が激しいこと。三つめが農家による自家採種が制限されようとしていること。法律もその方向に変えられつつある。ここには組換えＤＮＡ作物の普及とも関連した今後の農業のあり方という課題があり、実情を知るにつれて危機感が高まるのはよくわかる。

的確な現状認識とこれからの農業、更には伝統文化にまで思いを致しての事業開始だが、その具体はとても日常的で微笑《ほほえ》ましい（ちょっと失礼な言い方かなと心配しながら）。事務所は自室で、入り口に筆で屋号を書いた貼紙がある。主な作業は、趣味の頃と同じく、リュックを背負っての旅だが、事業主としてアポをとっての訪問であり、相手も時間をとってくれる。こうして集めたタネを工夫して作った茶色の紙袋に入れ、協力してくれる八百屋、花屋、本屋などに手数料三割で置いてもらう。大事なのが家族の協力。とくに中二と小六の妹たちは、雑用係と自称しながらお兄さんが大好きで大事な働き手だ。

「農業界はたぶん、いいほうへ変わっていく」。最後に著者はこう書く。タネ流通業を通して人に接している中で、多様な経歴の人が農業に入るハードルが下がっているという実感からの言葉である。頼もしくすてきな次世代への期待が膨らんできた。宙くんいいぞ！

ここにある学びの原点

柳楽未来『手で見るいのち　ある不思議な授業の力』（岩波書店）を読んで学びの原点を感じた。東京にある筑波大学附属視覚特別支援学校の生物教室での授業が始まろうとしている。担当の武井洋子先生が、「今日から骨を使います」と生徒たちの前に一人一個ずつ骨を置いていく。名づけて「動物A」だ。初めての授業に中学一年生七人は「えっマジで」と驚きながら、おそるおそる触り始める。最初は全身かと思いながら。「牙みたいなものがある」「奥歯みたいなものがある」……頭蓋骨《ずがいこつ》らしい。わからないものを少しずつ解いていく過程は何によらず面白い。

二時間目。「穴」と「空間」に注目しての探索はますます面白くなる。鼻や目が見つかり、目の穴の中の後ろの方に見つかった穴は神経の通るところに違いないとわかってくる。歯の様子から肉食とわかった動物Aが、獲物であるシマウマをしとめる姿を想像することになり、一人が「いやなパターンだな」とつぶやく。現実味がある。

このようにして二時間ずつ三週間の観察、ではなく触察で耳の部屋が大きいので聴覚がよいなどの特徴が見えた動物Aは、イヌとわかる。その後動物B、C、D、つまりウサギ、ネコ、サルへと進み、一つ一つにかかる時間はどんどん短くなっていく。この授業に強い関心を抱き、この様子の観察を願い立て教室にいた新聞記者である著者は、自分でも触りたくなってくる（当然だ）。ある日先生が著者のためにそっと骨を置いてくれた。しかしすぐに、指先が生徒のようにははたらかないことに気づかされ、傍観者に徹してこの授業の意味を読みとることにする。

このユニークな授業が実は四十年も続いていると知って驚いた。始めたのは青柳昌宏先生だ。子どもの頃から昆虫愛好家の中では有名で、生物教師になってからは南極でのペンギン観察でも名を馳《は》せた方である。生徒中心の授業をする名物教師としても知られていた。当時、視覚障害のある生徒の理科教育のうち、物理、化学は実験も含めてかなり進んでいたが、生物は置き去りにされていた。そこで白羽の矢が立ったのが青柳先生だった。

とにかく実物に触れることだと考えた先生は、校庭に縦五十センチ、横一メートルの木枠を置き、中の植物に触って葉の形、生え方、硬さなどを調べるところから始めた。「背の高い植物の葉は軟らかく元気なのに日の当たらない下の葉っぱは硬い」。生徒たちの発見である。毎日葉っぱを眼で見ているけれどこんなふうに理解してはいないぞ。多くの方がそう思われるのではないだろうか。このわかり方がとてもいいなと思う。更にはペンギンの標本に触りながら聞く南極の話にも生徒たちの目が輝く。

　動物は骨で行こうと考えた青柳先生は、葉っぱと骨に触れる授業を考え、視覚障害の生徒の進路を広げたいと強く思っていた鳥山由子先生と共に授業を体系化していった。その後継者が、著者が見学している授業を進めている武井先生である。このような授業を行った結果、大学で理系（物理）に進学する生徒が誕生したのである。もちろん、大学側がある種の変革をしてくれたからだが、先生たち三人の役割は大きい。

　先生たちは言う。「骨は語る」と。毛皮や筋肉のない「骨には穴にも突起にも空間にも生きていたときの姿を考えるヒントが詰まっている」のである。はく製や模型ではこうはならない。骨に触って何かを発見した生徒はうれしくなり、その発見をなんとか言葉にしていく。そして点字で書きとめる。ウサギは後ろ足の裏が全部地面についているからジャンプができるのだと。「コツコツコツコツ」。著者が聞いた点字を打つ音である。

「自分のうれしい気持ちを伝えるために自分の頭で考えた言葉が生まれてくる。発する言葉はすべて、自分の手で触った体験に基づいている」。このような体験を今どれだけの子どもたちがしているだろうか。学びの原点がここにある。

加速するビル高層化

雑誌をパラパラめくっていたら「超高層の科学——どこまで高くできるのか?」という特集記事が目に留まった（『ニュートン』十一月号）。高さ三百メートル以上六百メートル未満のビル「スーパートール」は、現在（二〇一五年六月）世界中に九十一棟あるという。このうち六棟は二〇一五年に入ってから完成、年内に十四棟が完成予定とある。超高層ビルの建設が急速に盛んになっていることを示している。しかも、これにとどまらない。「メガトール」と呼ぶ六百メートル以上のビルが二棟、上海（中国）とドバイ（アラブ首長国連邦）にある。後者「ブルジュ・ハリファ」は八百二十八メートルと世界一だが、ジッダ（サウジアラビア）で千メートルを超す「キングダムタワー」が二〇一八年完成をめざして建設中とある。

「ブルジュ・ハリファ」では、全体をY字形の断面にし、上へ行くほどそれを小さくする形でらせん形をつくり、風による振動を抑えている。マグニチュード五・五の地震にも耐えるとある。専門家は、建設技術・利用技術を徹底的に研究し、技術としてはどんな高い建物も建設可能という答えを出している。超高層ビルの建設地は、中国を主とするアジア、中東、それにアメリカであり、ヨーロッパにはない。

実は、経済性からは幅は百メートル、高さは四百メートルほどが限度とのことであるのになぜこれほど高いものを建てようとするのか。それは権威や富の象徴になるからだというのがこの特集の締めくくりである。読み終わって決してよい気分ではない。

ところで、東京湾に埋め立て地を造り、千六百メートルの「スカイマイルタワー」を建てようというアメリカからの提案がある。まだ具体的な計画ではないが、東京なら建てるだろうという目算あっての提案だろう。事実、現在の東京はオリンピックという免罪符のもと、高層ビル建設ラッシュである。そのために伝統あるホテルが消えるのを惜しむ声も大きな槌音にかき消されている。現存の競技場を活かすことが本当のレガシーではないかという人びとの声にもかかわらずそれを壊してより大型にしようとして行なわれた国際コンペで選ばれた巨大構築物はさすがに実現しなかった。しかし結局、思い出のある競技場を壊されて生まれた新国立競技場は、巨大建設物志向の現れの結果である。その土地のもつ歴史や自然、人々の生活を大切にしたとは言えない。

東日本大震災とその後に続く自然災害の中で、等身大の生き方をすることの大切さを学んだはずなのに、また大型化の傾向が見られ、超高層への道もありそうな気配を感じる。実は、超高層ビルの記事には、そこでの暮らしが少しも描き出されていないのが、とても気になる。巨大な閉鎖空間の中での生活はどのようなものになるのだろう。想像することも難しく実感がわかない。

最も懸念されるのは、そこで生まれ、育つ子どもたちが、どのような感性をもつのだろうということである。東京湾岸に並ぶ五十階ほどの高層マンションを見ても、そこでは少なくとも生きものとして生きるという感覚を養うのは難しいだろうと思える。オリンピック・パラリンピックへ向けての建設行為は、若者にスポーツの場を提供するという、疑問をはさみにくいかけ声の下、一極集中をさらに進めている。交通の便利さという視点からも高層化は進むに違いない。数十年という短期間で、大きく生活を変えることにどこまで責任を持てるのか。その検討はどこでなされているのだろう。少なくともヨーロッパにはその問いがあり、高層ビルを建てていないのではないだろうか。技術は技術としてだけ語っていてはいけない。

「少子高齢」社会

朝夕涼しくなり、落ち着いてこれからの社会を考える余裕が出てきた。社会と言えば、今や枕詞のようにつくのが「少子高齢」である。そして少子で問題になるのが総人口の減少、生産年齢人口（十五〜六十四歳）の割合の低下である。合計特殊出生率は二〇一四年で一・四二であり、この値はあまり変化しそうもなく、人口は減るしかない。これでは経済成長はおぼつかなく、国力が衰えると心配し、少子化対策を考えるのが今の流れである。

周知のように、地球全体では人口は増加を続けており、食糧・資源・環境・貧困という視点から抑制の必要が指摘されている。日本の場合も、日本列島の自然を生かした持続可能な社会を考えたら、一億人を切る人口の方が暮らしやすいはずである。二十世紀型の成長社会からのずれを恐れて子どもを増やすという考えは、必ずしも正しくはないだろう。

そこで、生物研究の立場から少子という課題を考えてみたい。生きものとしては、子どもは自分のいのちを続けてくれる大切な存在である。「生きものとは続こうとする存在」と言ってもよい。皆次世代へと続くよう懸命に生きており、それを支えるシステムがある。イクラやタラコを見ると、この無数の卵あってのサケやタラなのだとため息が出る。私たち人間もそれを引き継ぎ、卵のもとになる細胞は七百万個もある。ただしここで語る次世代、つまり子どもには、「私の」という言葉はつかない。人類の子どもたちが続くようにというシステムなのである。

ところで最近は、少子化が問題になる一方、生殖医療が驚くほど進み、かなりの時間と経費をかけての出産が増えている。いのちを続けるという視点からはこのいずれにも問題を抱えているところが悩ましい。少子社会の原因となる、子どもに目を向けない生き方は、続こうとする存在としての生きものという姿勢を欠いている。今の競争社会で女性が仕事を続けようとすると出産は難しい、経済的余裕がないなど、さまざまな事情があることはよくわかり、各人の生き方として子どもを持たないという選択を非難はできない。しかし、いのちをつなぐという発想のない社会には問題があるのでここは、十分な保育所設置など当面の施策がまず必要である。ただそれはあくまでも当面であり、生活様式と日常を大切にする方向を求めて社会のありようの根本が変わる必要がある。

一方、生殖医療を用い、どんな苦労をしてでも「自分の子ども」を持ちたいという方の気持は理解したうえで、生きものを研究している立場から申し上げるなら、その考えには、小さなことへのこだわり過ぎがあると思えるのである。ミトコンドリア（細胞内のエネルギー生産に関わる小器官）を注入して若返らせた卵で妊娠したという話もある。高齢出産の体外受精の成功率を上げようと開発した技術である。正直、ここまでやることには疑問を感じた。ＤＮＡの研究が進んだ今、人間は自分のＤＮＡというこだわりからの自由を手にしたと考えているからである。遺伝子に、私の遺伝子はない。さまざまな遺伝子の組み合わせによって一つの個体が生まれるのであり、しかも自然は巧みにその組み合わせを常に唯一無二としている。この唯一無二であることが大事なのであって、それを構成する遺伝子にはあまりこだわらないという遺伝子観を現代生物学は生み出した。今後この遺伝子観が一般的になっていくことを望んでいる。

現代を生きる人間としては、大きく、ＤＮＡはすべての人をつなぐものと考えたいと思う。もちろん、おなかを痛めて生まれた子どもには特別の愛情が生まれ、子どもと共に日々を楽しむ家族のありようは大切である。それは前提としたうえでなお、「子どもなどいなくてもよい」でも、「私の子どもにこだわり過ぎる」でもなく、次世代を担う子どもたちを大切にしようという考え方ができる社会が、人間という独自の生きものがつくる社会だと思うのである。

「永遠の自由研究者たち」

地方に暮らすお茶目でふつうの主婦

石牟礼さんとは「水俣フォーラム」での同席や鶴見和子さんを偲ぶ「山百合忌」でテーブルを御一緒するなどそのお人柄に接してきました。とても小柄でいらっしゃるのに独特の存在感で周囲の人を惹きつけ、近くにいることに幸せを感じさせて下さる方だなあ。親しくお話することはありませんでしたが、いつもそう思っていました。

小説・エッセイ・詩・俳句とあらゆる表現に長けた「言葉の人」であり、生きることや自然をみごとな言葉で語って下さる著作を通して石牟礼さんに触れるのもまた幸せです。そのすばらしさについては多くの方が語られていますので、私のとても個人的な思いを綴らせていただきます。

『苦海浄土』によって、石牟礼さんは国家権力や大企業に立ち向う水俣病闘争の象徴的存在となり、石牟礼さん無しでは水俣問題がここまで深まることはなかったとは誰もが思うことです。その芯にある強さはみごとです。けれども、私は石牟礼さんの書かれたものを読むといつも自然に笑ってしまうのです。とてもお茶目で可愛らしいところがそこここに現れており、実はそこが一番好きです。

「多田富雄コレクション」の推薦文にこんなところがあります。「ご著書の中に、『元祖細胞』というのが出てまいり、私は常ならず親愛の情を抱きまして、エプロンのポケットに、元祖細胞を入れて連れ歩くようになりました。

ここに元《はじめ》の祖《おや》　細《こま》か胞《あわ》の命《みこと》いでまして
天地《あめつち》の間のことを語り給ひき

などとつぶやきながら多田先生のご受難を考えていると、制度として発達した文明社会では、肉体や魂を持った学問は、制度への供犠としてあつかわれるのではないか、そういうことにさせまいと思ったことでした」。

この文の意図は「制度として発達した文明社会では、肉体や魂を持った学問は、制度への供犠としてあつかわれるのではないか」というところにあるのはもちろんです。でも、「エプロンのポケットに元祖細胞を入れて連れ歩く」石牟礼さんを想像すると楽しくてたまりません。私も細胞やDNAとはかなりお近づきになっているつもりですが、まだポケットにそれらを入れて連れ歩いたことはありませんし、もし入れるとしたらスーツのポケットになりそうです。エプロンというところが絶妙です。ポケットの中の元祖細胞が、今日の夕飯は何だろうなと首を出している様子を思い浮べて笑ってしまいます。そしてこの感覚があってこそ文明社会への批判の力も強くなると思うのです。

『苦海浄土』は、池澤夏樹さんが厳選なさった「世界文学全集」に日本文学の中から唯一つ選ばれたことでもわかる名著です。扱われている題材はまさに苦海ですのに、これほど美しい表現があるだろうかという言葉が次々と紡ぎ出されるすばらしい作品です。書き出しから引きつけられます。でも、ここでも私は大笑いしました。『苦海浄土』を読んで笑うなど、とんでもないと叱られそうですが何度読んでも楽しい場面がいくつもあります。

なかでも好きなのが「花ぐるま」にある一節です。水俣闘争の中でも一つの節目と言える一九六九年のチッソへの「申し入れ書」提出の時のエピソードとして描かれます。二十九世帯が訴訟へと動き、チッソ大阪本社の株主総会に巡礼姿で出席することになります。そこで御詠歌の練習が始まるのです。

人のこの世は　ながくして
かはらぬ春とおもへども
はかなき夢となりにけり

株主総会で患者や家族がこれを詠ずる姿を思い浮べると鬼気迫るものを感じる一方、御霊が深く沈む静けさをも思います。練習をするのは十五人ほど、その中に「和やかさの中心が、とぼけた笑いをいつもかもし出す、江郷下マスと坂本トキノの二人の婆さま」がいると石牟礼さんは書きます。

いつもおしゃべりが止まらないこの二人が、御詠歌の練習ではとんと元気が出ません。私がその場にいても同じだと思います。でも短期間で仕上げなければならないので、師匠は「馬鹿ばなしする時の元気は、どこにやんなったか。まいっぺんやる。鈴の持ち方がだいたいなっとらん」と厳しいのです。そこでおマスさんが、「はかなき夢」というところを「はかなき恋」とうたってしまいます。もちろん「やり直し」です。ところがあろうことかやり直しでは、おマスさんだけでなく他の人までもが「はかなき恋」になってしまうのです。「夢と恋ば間違うちゅうがあるか」。師匠はますます厳しくなります。おマスさんはいっしょうけんめい稽古したのですが、なぜか夢を恋と思いこんでしまったのでした。そこでトキノさんが「夢も恋もたいしてちがわん」ととりなします。みんなが真面目なだけに、この場面を想像するとおかしくてしかたがありません。マスさんともトキノさんともすぐに仲良しになれそうだなと思いながら思いきり笑いました。もちろん、笑いでは終りません。なぜこの人たちが美しい海や山の恵みの中でこの笑いに包まれながらつつましい日々を送れないのか。大都会へ行って株主総会などという日々の暮らしとは無縁の場へ行かなければならないのかと思うと腹が立つというより悲しく、落ちこみます。

株主総会でも「婆さまたちはやっぱり、ところどころ文言をたがえる。しかしそれが何であろう」。石牟礼さんはきっぱりそうおっしゃいます。練習の様子に思わず笑っただけにこの場面ではとても厳かな気持になりました。婆さまたちの存在が、国や自治体や企業という組織の中の人の振る舞いの情けなさを浮き彫りにします。なぜこの方たちは自分自身に正直になれないのでしょう。今もそれは続いています。

私が水俣を意識したのは一九七〇年でした。恩師の江上不二夫先生が「生命科学」という新分野の研究所を創設され、そこではたらくことになった時です。有機水銀を海に流す時、人々は海を大量の水と捉えました。実はそこが生きものたちの暮らす場であり、流した毒は生物濃縮によって私たち人間に戻ってくるという考え方をしていなかったのです。「生命科学」は海を生きものの場として捉える見方を出さなければいけない。先生はそう言われました。重要なことですが、それだけに安易にこの問題に直接関わるのは難しいと思い、直接水俣に触れることはせず、専ら基礎研究を考えていました。ところが、一九九四年に私にとって思いがけないことが起きました。石牟礼さんと共に患者さんたちが結成なさった「本願の会」から、水俣病公式認定五十年の会にお誘いをいただいたのです。「生命科学」に飽き足らず、その少し前から考え始めて一九九三年に研究館として活動を始めた「生命誌」が自分たちの気持と重なると言われ、本当に驚きました。そして初めて訪れた水俣は「なんと美しい」としか言いようのない地でした。

そこから本気で石牟礼さんの御著書を読むようになり、あの美しい自然があってこそ生まれた作品と実感しました。自然とそこに暮らす人々の日常が、体の中から湧き出してくる言葉でみごとに表現されているすばらしさです。だからこそ、そこに水俣病という人間の業のような事件が起きてしまったことのむごさがより身に沁みるのです。石牟礼作品を読めば水俣の問題を人間の生き方として真剣に考えずにはいられなくなります。石牟礼さんの文には、「人間は生きものであり、自然の一部である」という生命誌のテーマで考えるべきことが次々と顕れ、これからもここから学び続けることになるという気持が生まれ、身が引き締まります。

石牟礼さんは御自身をいつも「地方に暮らすふつうの主婦」として語られます。大きな仕事をなさった方という評価に対して謙遜なさっての言葉かもしれませんが、私にはこれが石牟礼道子という存在の最も大事な要素だと思えるのです。私は、水俣病に象徴される二十世紀の科学技術社会が生み出した負の課題を乗り越えて、二十一世紀を一人一人が生き生きと暮らす社会にするために最も大事なのが、「ふつうのおんなの子」の考え方や思いを生き方につなげることだと思っています。そしてその代表が、「地方に暮らすふつうの主婦」である石牟礼さんです。東京にいる官庁や大企業のお偉い男性が、暮らしやすい二十一世紀をつくってくれるとは思えません。「地方」、「ふつう」、「主婦」のどれもが未来を創る重要な力を表わす言葉です。

『苦海浄土』に、患者さんたちの「社長に会わせてくれ」という願いを叶えようと、東京に座り込みに行った時の話があります。「ご無礼だろうから背広ば着ていかんばいかんばい」となって、背広やネクタイを借りて出かけます。この時患者さんたちが思っていた無礼をしてはいけない偉い人は、徳の高い人だったと石牟礼さんは書きます。そういう人に会いたかったんだと。実態がどうだったかを書く必要はないでしょう（この時でさえ、巨体の参加者がハンストの途中で、腹が減って、腹が減ってと嘆くエピソードが、いつもの笑いを誘います）。

石牟礼さんが「地方に暮らすふつうの主婦」であり続けて下さったことに感謝します。それが過酷な状況の中でなお水俣の人々がみごとな生き方をしていることを支えているのがわかるからです。自分の考え方は「生命誌」と重なると言って下さった漁師の緒方正人さんは、「チッソはまた私でもある」という発言で皆を驚かせました。ここに到るまでにどれだけの苦悩を味わわれたことかと想像しても、真実を知ることは無理です。けれどもチッソという言葉にこめられた二十世紀の負を総合的に捉え、その時代を生きた一人としてそれを乗り越えようとしていらっしゃることは確かです。私も石牟礼さんを核にして生きる水俣の方たちと同じ方を向く人であろうと思っています。

石牟礼さんは多くの作品を通し、また人々の中に残して下さったたくさんの思い出を通して、人間が生きものとして生き生きと生きる社会づくりを引っ張って下さる存在であり続けるに違いありません。私も、時々笑いながら石牟礼作品を読み、笑った後はその奥にある大切なメッセージを受け止めていきます。そして「人間は生きものであり、自然の一部である」というあたりまえのことを考え続けます。

熊楠に学ぶ重ね描き

近代科学という西欧で生まれた知識と、自然との一体感をもつ日本の知恵とを結びつけることで新しい知を生み出せるのではないか。生命科学から「生命誌（Biohistory）」へと移って日々の活動をしているうちにそのような気持が強くなった。ここでいう〝結びつける〟は、よく言われる学問の融合ではない。私という日本人が科学研究を進めるにあたり、自分の中で両者が一体化し、私の言動がそこから生まれるという意味での結びつきである。私だけでなく、生命科学に関わる日本人のすべてが、さらには日本人に限らず研究者のすべてがそうなってこそ新しい知が生まれるのではないかと考えるようになったのである。

この考え方をどう整理するか。ここで、物理学から哲学へと移り、科学と現代社会のありようを考察した大森荘蔵の「重ね描き」という概念に学ぼうと考えた。大森は、現代科学の問題点は、機械論的世界観の下、色や匂いなどを追い出した物質ですべてを理解しようとし、自分自身をも含む全世界を「死物」にしてしまったことであると言う。その中では人間の存在もその営為も意味をもたず、これこそ現代社会の不安の根源だとも言う。そこでその解決のために大森が提案するのが「重ね描き」である。重ね描きは、科学の初期段階で排除した感覚その他の「心」の諸相を取り戻して、科学の世界像の上に重ねて描くということであり、大森は、〝ただそれだけのこと〟と言っている。それには、研究者が常に日常性を大切にし、自然と向き合ってそこから学ぶ姿勢をもつ必要がある。そのようにして死物の世界から抜け出るのである。大森は〝ただそれだけ〟とさりげなく言うが、これは今の研究者にとってはかなり難しいことなのではないだろうか。

そこで、実際に「重ね描き」の実例を思い浮かべると、その一人として南方熊楠が浮かんでくる。一八六七年に生まれた熊楠は、日本の近代化とともに歩んだ人と言える。子どもの頃には『和漢三才図絵』『本草綱目』『大和本草』などを筆写していたとのことで、和歌山の自然の豊かさを楽しむと同時に学問の面白さに惹かれていたことがわかる。中学入学後も読書や筆写に時を忘れ、上京して予備門入学後も上野図書館に通って和漢洋の本を読んでいたという。

このような資質は、青年期の十数年に及ぶアメリカや、イギリスでの生活でもそのまま生かされた。とくにイギリスではロンドンにある大英博物館の図書館での読書をもとに、「Nature」誌などに論文を投稿し、非常に充実した日々を過ごした。もし実家からの仕送りが続けば、それで充分満足した生活を続け、今私たちが知る熊楠はいなかっただろう。「重ね描き」の例としては不足である。

その意味では幸いなことに、仕送りが打ち切られ、熊楠は和歌山に戻る。その時、大英博物館の植物学者G・マレーに、日本の隠花植物の調査を依頼された。イギリスの博物館や植物園を訪れると、世界中の事物を集めて整理しようとする、まさに大英帝国の意志が感じられるが、日本という小さな列島の隠花植物にもそれが及んでいたのだろう。

紀伊半島の隠花植物をすべて調べようと活動を始めた熊楠が知ったのは、驚くべき多様性だった。とくにほとんど人の手の入っていない熊野を知ってからは、隠花植物に限らず、樹木、昆虫、動物などの複雑な世界に惹かれていく。とくに粘菌の生き方の面白さにのめりこんで研究しながら、さまざまな生きものの標本をつくる日々の中で、熊楠はヨーロッパで知ったエコロギー（生態学）という考え方を具体的に理解した。それは、その後明治政府による神社合祀令によって鎮守の森が消えていく事態に直面した時の反対活動につながっている。

大雑把に追ってきた熊楠の活動は、標本蒐集や粘菌の生活環研究を中心に置きながら、自然とその中での人間生活へと向いている。大森の言う「重ね描き」をしているのである。粘菌という小さな生物の観察の向こうの世界を機械論とは違う眼で見ている。

この世界観は自然の中で生まれたものだが、そこには真言密教というもう一つの要素がある。熊楠の両親は熱心な真言宗徒であり、彼はその環境の中で育った。そして、大英博物館で西欧の学問を学んでいる時、真言宗の高僧土宜法龍と出会うのである。一八九三年のことだ。後に高野山管長になる土宜は、当時パリに滞在していた。出会いの後熊楠は、思うことを手紙にして送る。私が関心を持つのは、その中に書かれた図1である。「……心界が物界とまじわりて生ずる事（すなわち、手をもって紙をとり鼻をかむより、教えをたて人を利するにいたるまで）という事にはそれぞれ因果のあることと知らる。その事の条理を知りたきことなり。今の学者（科学者及び欧州の哲学者の一大部分）、ただ箇々のこの心この物について論究するばかりなり。小生は何とぞ心と物とがまじわりて生ずる事（人界の現象と見て可なり）によりて究め、心界と物界とはいかにして相異に、いかにして相同じきところにあるかを知りたきなり」。学者が論究するのは死物だという興味深い指摘と言える。私はここでの「事」は「生命（いのち）」ではないかと考えている。生命誌の中で「生命」を考えようとするうちに、動詞で考える必要性に気づいたからである。以来、生命誌研究館での年間テーマを動詞にしてきた。愛づる、語る、観る、関わる、生《な》る、続く、めぐる、編む、遊ぶ……。「生命」と言ってしまうと、生命尊重などという言葉だけがとび交い、うっかりすると思考停止になる。それに対して動詞で考えると、生きものたちの暮らす姿が浮かび、その向こうに世界観が見えてくる。「事」には時間があり、関係がある。時間と関係とは歴史を生み出す。まさにこれこそ生命であり、私が「生命誌」にこだわる所以である。

熊楠は「事」という捉え方を基本に、事の世界で起きる諸々の因果関係を結ぶ「縁」の

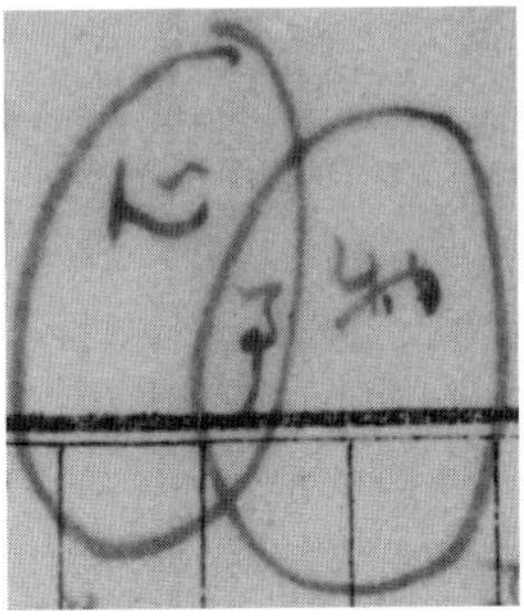

図1　土宜法龍宛書簡（1893年12月24日付）より
南方熊楠記念館（和歌山県白浜町）所蔵。

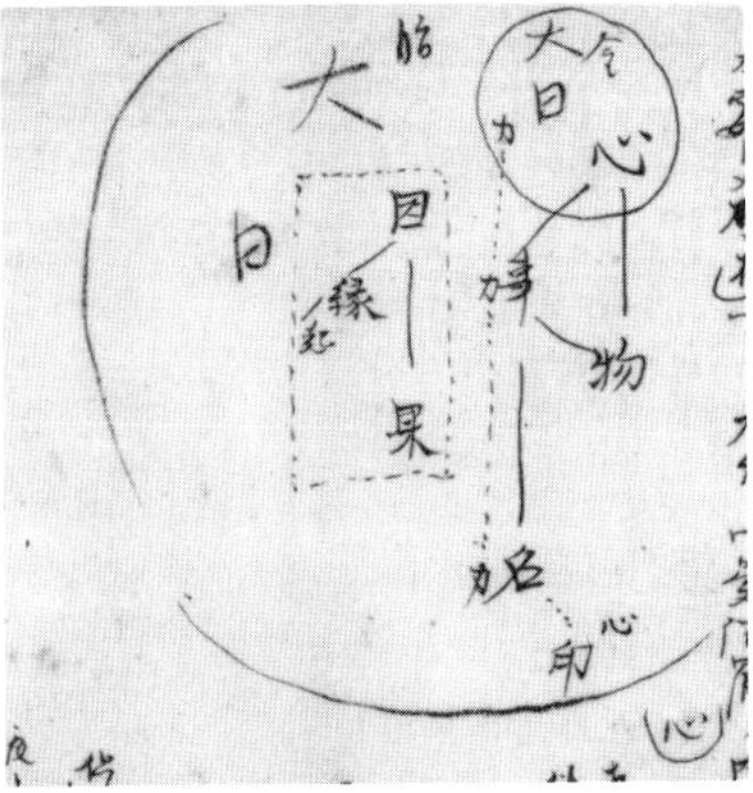

図2　土宜法龍宛書簡（1903年8月8日付）より
南方熊楠顕彰館（和歌山県田辺市）所蔵。

重要性に気づいた。ここからいわゆる「南方曼陀羅」が生まれている。熊楠自身が曼陀羅として描いている図2は、まさに「事」から出発している。もう一つ、鶴見和子が中村元の命名として「南方曼陀羅」と呼んだ図3がある。こちらは、さまざまな曲線が交錯しており、これらが「宇宙を成す」と書かれている。この図のどこをとってもすべてとつながっているのだ。生体の代謝マップを見るとどの物質もすべてとつながっており、ここでも生命を思い起こす。曼陀羅論をする余裕はないが、私にとって重要なのは、「曼陀羅が森羅万象のことゆえ、一々実例を引き、すなわち箇々のものについてその関係を述ぶるにあらざれば空談となる。抽象風に原則のみいわんには、夢を説くと代わりしことなし。そのうち小生面りいろいろの標品を示し、せめては生物学上のことのみでも説き申し上ぐべく候」という言葉だ。この考え方に刺激を受けて、私の生きものへの思いもマンダラという形で表現してみたいと思うようになった。そして、生命誌研究館の創立二十年を期に二十一世紀の科学のありようを思いながら「生命誌マンダラ」を描き、大日如来にあたる中心に一

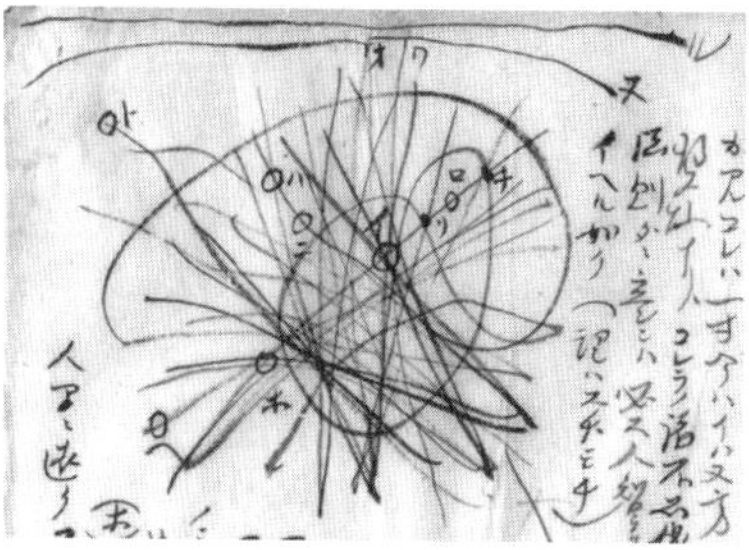

図３　土宜法龍宛書簡（1903 年 7 月 18 日付）より
南方熊楠顕彰館所蔵。

図４　１つの受精卵から生まれるいきものたちを描き、ゲノムが階層性を貫くことを考える（JT 生命誌研究館）。

つの細胞を置いた（図4）。これを受精卵として、そこから個体が生まれる発生を描き、ゲノムによって分子、細胞、組織、器官、個体、種、生態系という階層性を貫く生きものの世界を表現したのである。同時に、中心の細胞を原初細胞と見て進化を思い浮かべることもできる。ここに、現代生物学の成果と自分自身がここに生きていることの意味を考える姿勢とを重ねたのである。「重ね描き」から生まれる実体のある世界観を描き、南方熊楠という先達を意識しながら生命誌を深めていこうと思う。

内発的発展論と生命誌——鶴見和子と南方熊楠

客観的な論ではなく私にとっての「鶴見和子と南方熊楠」ということで、聞いていただきたいと思います。

鶴見さんとの対談『四十億年の私の「生命」』（藤原書店）と解説を書きました『鶴見和子曼荼羅　魂の巻——水俣・アニミズム・エコロジー』（藤原書店）とを思い出しながらお話しいたします。鶴見さんを通して、また南方熊楠を通して、今という時代を考えたいと思っております。お二人共、それに対してたくさんのことを教えてくれる方ですので、過去の人としてではなく、むしろ未来へのつながりを考えたいと思います。

今、社会はグローバリズムと言われています。globe は地球です。鶴見さんの著書に、『南方熊楠——地球志向の比較学』（講談社学術文庫）があります。生命誌も地球を考える、更には地球で考えることを大事にしています。しかし現在グローバリズムと呼ばれる考え方とそれに基づく活動はアメリカ型の新自由主義を世界中に広めるものであり、主として企業活動になっており、地球から出発する発想はありません。その結果先進国と途上国の間だけでなく、先進国内での格差まで広がり、地球上で皆が生き生き暮らす姿とは程遠い現実が見られます。鶴見さんはそのような一律化を求めた故の歪みが生じている現状に対して地球上の地域それぞれの「内発的発展」が必要と仰いました。

アメリカで欧米の社会学を徹底的に勉強されて、身につけられた鶴見さんが、帰国後水俣病問題に出会い調査をなさったところ、「これぞ本当の学問」と信じていたものが通用しなかったのです。しないどころか、あまりにも違うものがあるのでとても悩まれました。アメリカの社会学では、「自然」という言葉を使うと、社会学に自然なんかいらないと否定されるのでした。でも、水俣を考えるときに自然を入れないで考えられますか？　と話されました。そこで考え抜かれた結果が「内発的発展論」です。短時間ですので細かいことは申しませんが、発展はそれぞれの土地にある自然や文化や歴史、そこにいる人びとが内にもっているものから出てきて初めて本物であるということです。日常感覚で考えたらあたりまえのことですが、学問ではそれがあたりまえでないところが問題です。

内発的発展と生命誌

グローバリズム一本槍の今の社会は、すべてを一つの物差しで測ります。そこで進んだ国と遅れた国があるとします。――そうではなく、さまざまな物差しがあるのです。たとえば教育で、子どもを一つの物差しで測って並べることがいかにばかばかしいかということは、わかりきっています。でも、実際にはさまざまな物差しにはなっていません。そういう中で、鶴見さんが出された「内発的発展」という言葉、構想、思想はすばらしい、大きな意味を持っています。

実は私も、分子生物学という、欧米そのものという学問を学び、そこで生きものとは何だろうという問いを考えたいと思っていました。チョウを採りに山を歩くのも生きものを考えることですし、詩を作るのも生きものを考えることですが、基本の基本を知りたくて、一九五〇年代に構造が解明されたDNAを中心に置く分子生物学で考えたいと思ったのです。鶴見さんの社会学に対して、私は生物学で、同じように欧米から学び、それを生かして考えようとしました。しかし私もまた、これで生きものがわかるのだろうかという疑問にぶつかりました。

この扇形の図（図1）が、私の考える生きものの姿です。生命誌絵巻と名付けました。扇の縁が現在で、多様な生きものがいます。一方、この多様な生きものにはすべてがDNAをもつ細胞から成るという共通点があり共通の祖先から生まれたと考えられます。人間もその中にいます。これが生きものの姿なのですから、科学が求める共通性は大事だけれど、それだけを見て分析していくことで生きものがわかるだろうかと思うようになりまし

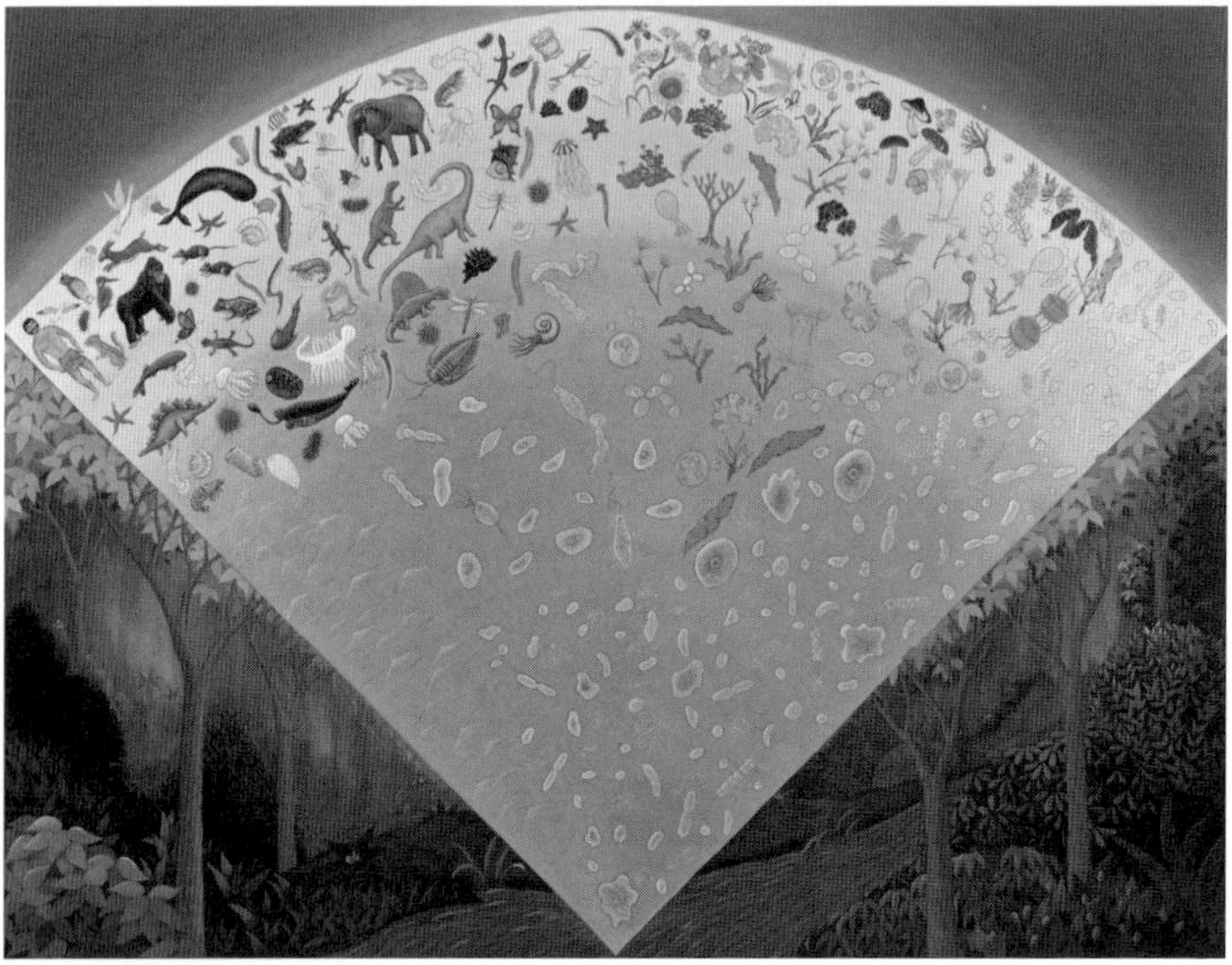

図１　生命誌絵巻（協力・団まりな　絵・橋本律子）

た。

共通だけれど、やはりアリはアリで、ヒトはヒトだと思いはじめ、共通性を受けいれつつ多様性、個別性を考えるにはどうしたらいいだろうと悩みました。そこで、アリのＤＮＡ（ゲノム）はアリをつくり出し、ヒトのＤＮＡ（ゲノム）はヒトをつくり出しているというあたりまえのことに気づき、「自己創出」という言葉を思いつきました。アジアはアジアであり、アフリカはアフリカであってそこに特有のものを見なければいけないという鶴見さんの内発的発展と同じように、アリはアリ、ゾウはゾウ、人間は人間として自分をつくり出しているのであり、そこには特有のものを見ていかなければ生きもののことはわからないということです。その考え方を基に、分析による理解を求める「生命科学」に対して、「生命誌」という、生きものの歴史と関係を知り、歴史物語を読み解く知を始めました。ここでお気づきいただけますでしょうか。「内発的生命論」と「生命誌」とでは社会と自然を見る眼が重なっています。

日本人であり、女性であること

この重なりについて鶴見さんと話し合っているうちに、思いがけなく、しかも自然に出てきた言葉があります。学問をしている時、物を考えている時、とくに自分が日本人だとか女性だとか意識したことはありません。そんなこと考えたこともないと思ってきました。ところが、話しているうちに、もしかしたら、二人とも日本人だから、女性だからこんなことを考えたのではないかということになってきたのです。

まずは、「日常」です。DNAを見て遺伝子のはたらきを考えるのはおもしろいのですが、家へ帰って泣いている赤ん坊が何を求めているかを考える時はDNAはどうでもよいわけです。まるごとの赤ちゃんが今どうして泣いているのか。生命とは何ぞやと考えていても答えは出てきません。

日常とつながらない学問をやっていてもしかたがない。鶴見さんもまさに、同じことを思われ、それを「道楽」とおっしゃっています。さすがに、育児より優雅ですね。

それからもう一つは、矛盾を感じたときの対処です。ヨーロッパで創りあげられた学問の勉強は必要です。ギリシャ以来創りあげてきた思想はみごとで、これを勉強することは大事です。しかし、おかしいと感じることもあります。たとえば社会を考えるのに自然という言葉を使ってはいけないといわれても困るとか、生きものを知ろうとしてDNAだけを見ても赤ちゃんの日常はわからないとか。とにかくそこで学んだ学問は、日常のこと、社会や人間、生きものについてすべてを教えてくれるものではないことに気づきました。しかし、だから意味がないとして、それを捨てることは、二人ともしませんでした。今まで学んだ学問を捨てる気持にはなりませんでした。西洋と東洋という分け方もしたくありません。すると、そこには矛盾が生じ、悩みます。けれども、この矛盾を抱えていくことこそ考えるということなのです。そのように考えていかなければ社会や人間に関する問いへの答えはないと思います。鶴見さんは、「そうなのよ。捨てるの嫌なのよ。何でも、いいものはすべてとりこむのよ」とおっしゃいました。矛盾を抱えて考えていくことも二人が共有したことでした。

また、鶴見さんが、「私たち、権力とお金はいらないものね」とおっしゃったのです。権力やお金に媚びない。もちろん活動するためのお金は必要ですが、お金のためには動かないということです。最近は科学技術政策に基づいて研究も大型化してきています。そこで研究者にとっても、権力とお金が意味をもつようになってきました。そこでの見苦しさも知ることになり、考えさせられます。

女性の方が、権力やお金に引きずられずに、「自分が重要と思うやりたいことをやる」という姿勢を持っているように思います。

日常を大切にする、矛盾を抱え込む、権力やお金に関係なく大事なことをやるというのが、日本人であり女性であるという特徴と重なっているかどうかは、皆さまそれぞれにお考えがおありだろうと思いますが、鶴見さんと私のあいだで共感し合ったことです。鶴見さんは、「だから日本人の女性は、これから新しいことをやらなければだめよ」とおっしゃいました。今、鶴見さんがいらっしゃらない中で、私たちにその力があるかどうか——心細いところもありますがその気持を大事にしていきます。

日常・学問・思想

今まで申し上げてきたことを整理したのが図2です。学問をしている者は、それを通して社会のことを考える役割があるのは当然です。

しかし、今学問はどんどん専門化しており、その中で、今社会で問題になっていることの答えを探すのは難しくなっています。そこで、学際というように学問を横につなげて解決しようとするのが一般の動きです。しかし、それは違うと思うのです。研究者一人一人が社会の一員として日常を大切にする姿勢を学問に生かすことによってしか、それは解決できません。鶴見さんが「道楽」と表現されたように、学問を常に自分の中で日常とつなげていくことです。

一方に、「思想」と書きましたが、私が考えておりますのはむずかしいことではありません。自然とは何だろう、宇宙とは何だろう、人間とは何だろう、生命とは何だろう——といつも考えているということです。そういう問いと一体化するのでなければ、学問からは何も出てこないだろうと実感します。鶴見さんはこれを実践していらっしゃいました。

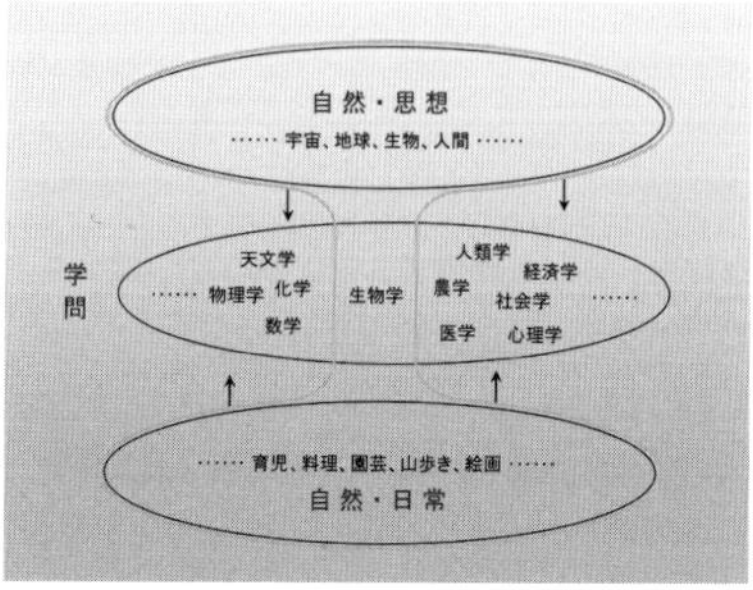

図２　現代社会の問題点——ヒトを忘れている

この図は、中央に生物学を置いていますが、鶴見さんの視点で書けば、真ん中に社会学をおくことになるでしょう。「日常」に日本舞踊や短歌、着物など、「思想・文化」には、アニミズムなどを通して自然を考えることがあったと思います。

これからの社会をつくるにあたり、一つ一つの学問では、おそらく何もできません。そのことには多くの方が気がついていて、文理融合の必要があると言われます。たとえば社会学と生物学を融合して、新しい学問をつくる。今、大学はそのような方向を探っています。しかし私はここにはあまり期待していません。

鶴見さんが「一つ一つの学問では何もできない」と考えられた時、歌をつくるなかで、「自然とは何か」と考えることが学問を広げると気づかれたと思います。その結果図2の矢印のように、上と下とがおのずとつながって、生物学に関心を持ち、私の話も聞いてくださるようになりました。私も鶴見さんのお話を伺って、社会学が私が思っていたようなものではないことがわかり、自分の仕事を広げた形で考えられるようになりました。

このようにして、一人一人が広がったときに初めて、命、自然、宇宙、人間などについて考える知が出てくるのではないでしょうか。

実は、森鴎外が興味深い指摘をしています。医師としてドイツに留学した時に書いた文章に、ドイツ語での研究は Forschung、英語の Inquiry にあたることに気づいたとあります。これは日常語であり、探求する、何かを知りたいと思うことです。Forschung の中には、「日常」と「思想」が入っています。ところがこれを日本語にしたときの「研究」という言葉からは、日常と思想がはずれてしまいました。研究室の中にこもって特別なことをやるのが研究だとなってしまいました。森鴎外は、研究では「生」はわからないと書いています。

この指摘は興味深いものです。鶴見さんとは、日本人として、女性として考える意味を話し合いましたけれど、ヨーロッパの学問の中にある日常と思想をもう一度見直して、学ぶべきところは学んでいかなければいけないと思っています。

「内なる自然」――水俣病

社会学と分子生物学という異なる分野にいながら全く同じ言葉が出てきたことも話題になりました。「内なる自然」です。

図3にあります。現代社会を単純化して書きますと、金融市場原理と科学技術で動いていると言えるのではないでしょうか。お金が動き、科学技術で便利になるのが進歩した社会とされています。

人間は命をもち、自然の一部です。生命誌ではそれはあたりまえ、鶴見さんは水俣研究でそれを強く感じたと仰っています。自然の中にいるという事実に眼を向けずに、金融や科学技術だけでの進歩を考えていても暮らしやすい社会にはなりません。それを具体的に示したのが水俣病であり、それは地球環境問題にまでつながっています。

自然破壊、そこからくる環境問題はかなり関心を持たれ対応がなされています。しかし、人間の「内なる自然」は忘れられています。外の自然を壊す行為が、内の自然を壊さないはずがありません。水俣病はその典型で、有機水銀が生態系を壊し、その一部である私たちのからだも壊しました。

からだだけではありません。内なる自然の中で大事なのは「心」です。心も壊れる。日本は一九九八年に自殺者が三万人になり、その数をどうしても減らすことができません。最初に三万人になったときは、リストラされた五十代の男性が亡くなることが多かったのですが、少し経済が安定してきたので、そういう方たちの自殺率は少し下がっています。しかし、全体で三万人を超えるという数字は、今年の『自殺白書』でも変わっていません。

実は若者の自殺が増えているのです。いじめを受けた子どもたちや働く場が得られない二十代の若者が自殺しています。おとなは、「今の若者は弱い」と言いますが、私はいのちに向き合っていない社会が心を壊しているのだと思います。それを考えないで、若者の弱さを嘆くのを聞くと、それはないでしょうと思います。時々、あなたは変わっていると言われますけれど。

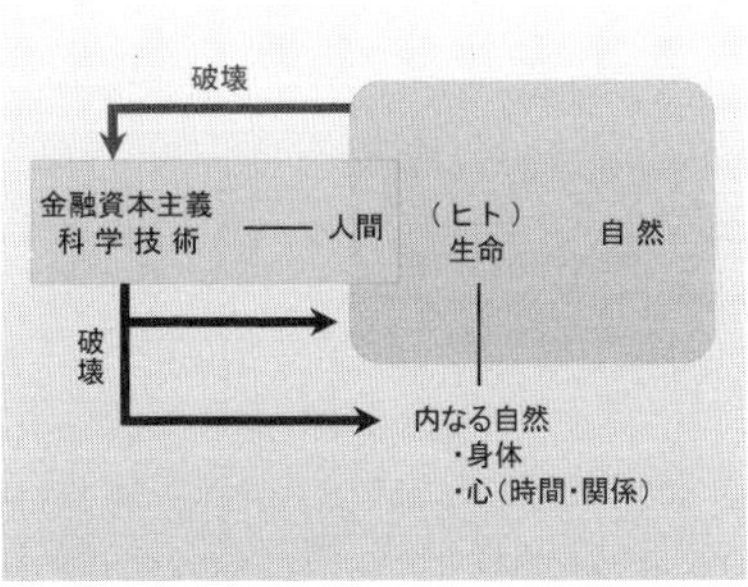

図３　専門家は生活者であり思想をもつ

「命のにぎわい」

私は直接水俣に関わる仕事をしたことはありませんが、水俣の方たちが、「生命誌」と、自分たちの考えていることは共通するので一度来なさい、と声をかけてくださいました。美しい海と美しい山に囲まれた静かなところで、ここで事件が起きたとは思えませんでした。そこで初めて緒方正人さんという漁師さんのお話を伺い、驚きました。

この方は、水俣病の申請をしておられません。チッソは本当にひどいことをしたけれど、科学技術と経済優先の社会には自分もいた、自分もチッソだとおっしゃって、活動をしていらっしゃるのです（申請は本来当然ですが、深いお考えでの選択です）。その方が、「生国」という言葉を使っています。国は大事だけれど、それは日本とかアメリカとか中国という国ではなくて、「生まれた国」、生国を大事にしなければいけないと。そして、生国で大切なものは「命のにぎわい」だとおっしゃるのです。

「命のにぎわい」を壊してしまったら、自分たちの生まれたこの国が、自分たちを許さないだろう、自分も壊してしまっていたその一人だったという言葉がとても印象的でした。「本願の会」という集まりをつくり、考えることと同時に「祈る」ことを始められました。「命のにぎわい」の中にいる人間、そこにある「内なる自然」というとらえ方をして、「心」を壊す行為について考えていくところに「生命誌」との共通点があります。鶴見さんが水俣研究から同じ「内なる自然」という考え方に到られたのはよくわかります。

南方熊楠との出会い

最後になりましたが、テーマである南方熊楠についてお話しします。鶴見さんと御一緒した二冊の本は、共に南方熊楠がかなり重要な役割を果しています。偶然に、南方熊楠に関心を持っていたのです。独自に、熊楠に出会っていました。

私は一九七〇年、「生命科学」という分野に入ってすぐに、科学に基盤を置きながら生きものを総合的に考えたいけれど、自分一人でそれを組み立てる力はない、そういうことを考えている人はいないかと本を探しました。その結果、西洋には、『生命の科学』という大著があることを知りました。H・G・ウェルズの著書です。そして日本に南方熊楠がいると気がつきました。そこで、『南方熊楠全集』（平凡社）を求めたのです。実はすべてを読んではおりません。むずかしく、読みにくいものなので、自分に関係があると思うところを読んできました。鶴見さんは、解説を依頼されて『熊楠全集』に出会い、熊楠の魅力に気づかれたとのことです。

熊楠は明治時代の人ですが、日本の教育制度をはみ出していたのでしょう。英国で自然史博物館に入りびたり、勉強します。ヨーロッパの勉強を徹底的に進め、英語で論文を書き、ヨーロッパの人たちと星の話や民俗学などで対等に議論をしています。帰国後は、権力とは無関係に、故郷の田辺（和歌山県）で、粘菌――今も生物学の非常におもしろい研究対象です――に注目して、独自の研究をしました。那智の山を駆け巡って独自の形で進めた研究です。

熊楠はその中で、「神社合祀令反対」の意見書を出します。鶴見さんは、これを日本のエコロジカルな運動の始まりと位置づけられました。宗教という形で保持してきた「鎮守の森」は、実は日本の文化であり自然なのです。それがお上によって宗教という見地からだけで一方的に壊されていくことの問題点に気づいたのが、熊楠であり、「神社合祀令反対」の運動です。内発的発展という形で、ヨーロッパも日本もふくめた新しい学問をつくっていこうと求めていた鶴見さんにとって、南方熊楠の神社合祀令反対の意見書は学ぶところの多いもので影響を与えられました。

熊楠はもちろん男性で、写真で見るといかつい感じです。外見からは女性的とは言いにくいのですが、熊楠の行動は、日常や矛盾を抱えこみ、権力やお金に媚びず、鶴見さんとの話し合いで得位置づけた日本の女性の行動と合致します。ユニークな人です。熊楠の研究した粘菌という、単細胞と多細胞をつなぐ興味深い生物について、複雑系の研究者であるプリゴジンが注目していることを私との対談で話してくれました。それが鶴見さんの興味を惹き、眼を輝かせて粘菌の話を聞いて下さり、そこで熊楠についても語り合いました。

権力の中に入らず、自律して、総合的視野をもち、自分が今一番大事と思うことをやるという意味で、熊楠はみごとです。もう一人、同じスタイルの人として、北に宮沢賢治がいます。今日は賢治については申し上げませんが、賢治も科学をよく勉強しています。

3・11の大災害の後、私たちは、日本を見つめながら、しかし、日本だ東洋だと言うのでなくすべてを取りいれて、自身の知をつくっていかなければならない状況にありますが、その際熊楠や賢治に学ぶことが多いと思います。

図４の中央に、「南方マンダラ」とあります。南方熊楠が「曼荼羅」と言ったのではありません。鶴見さんが熊楠に感銘を受け、熊楠が書いたこの図を中村元先生にお見せになったところ「これは曼荼羅ですね」とおっしゃったので、鶴見さんが「南方曼荼羅」とおつけになりました。その左側に、からだの中で分子がどう動いているか、右側に、生態系、具体的には海の中で生きものたちがどう関わりあっているかということを描いた、生物学の図を置きました。

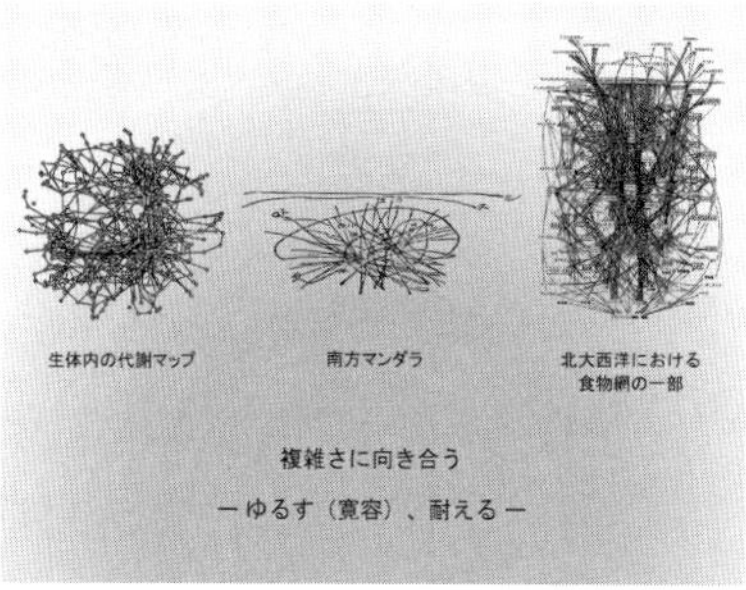

図４　南方マンダラは自然界の複雑さを示す
左画像：B. Alberts 他著、中村桂子、松原謙一監訳『細胞の分子生物学』ニュートンプレスより
右画像：提供、和田英太郎

同じように見えませんか。これまで科学は一部を取り出して精密に調べてきましたが、近年、体全体、生態系などすべてを見なければならなくなりました。一つの体の中がこれほど複雑になっている。生態学も同じです。地震などもそれに対応しようとしたら複雑さに向き合わなく

てはなりません。これまでは、複雑さを単純化してわかりやすい体系をつくってきましたが、もうその時代ではありません。複雑さに、そのまま向き合って、そこから何かを読みとる——そこでは関係が重要です。熊楠はここに「縁」という言葉を使います。海の中で魚が食べたり食べられたりするのも「縁」です。「縁」というのは仏教の言葉ですが、科学ともつながっていくものです。

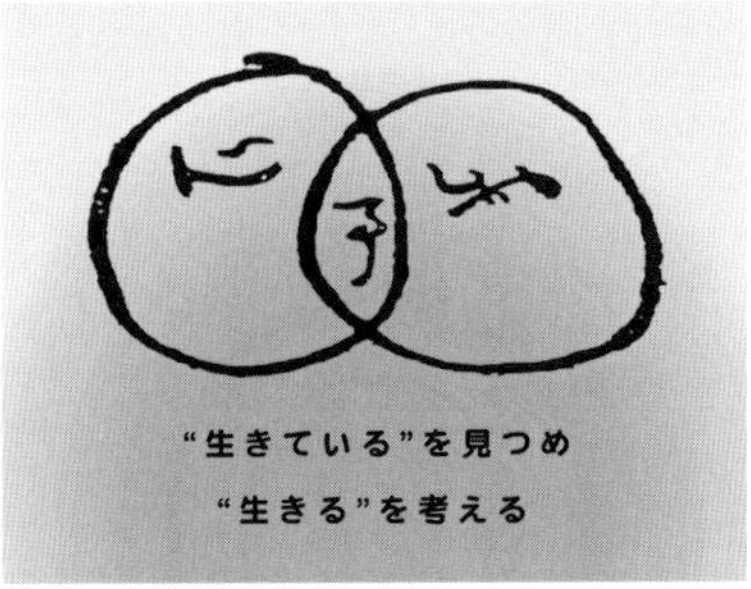

図5　事は生命ともいえる

「物」と「心」をつなぐ「事」

図5も、熊楠が書いたものです。先ほど申し上げた、「金融市場原理、科学技術で動く社会」は、物中心で、物がたくさんあれば豊かで幸せだと思ってきました。近年、心の時代だと言われはじめました。でも、「物の時代ではなく心の時代だ」と言っても、これは解決にはなりません。南方熊楠は、「心」と「物」のあいだにある「事」に注目します。たとえば、長い間使っているカップは、私にとってはとても大事なものです。値段が高いということではなく、使ってきた時間が入っており、思い出があって大事なのです。「物」がいけないのではなく、「心」とつながっている「物」

があるようにしたい。今は、「心」とつながらない「物」が溢れています。それは本当の豊かさにはなりません。「事」をあいだに入れるという、熊楠の考え方はとてもおもしろいと思います。

熊楠の言う「事」は、「生きているということ」であり、命とは、これではないかと思うのです。「生きるということ」は「心と物のあいだにある事」ではないか——これは私の勝手な思いですが、そんなふうに思いながら、熊楠に学んでいます。鶴見さんとのお話し合いを思い出し、転換期にある今こそご一緒に考えたことを生かしていかなければならないと思っています。

デクノボーの叡智

「賢治作品を読むことで、現代を生きる人々が忘れていることをいかに再発見できるか」という言葉で始まる今福龍太『宮沢賢治　デクノボーの叡智』（新潮選書）を読まずにいられるだろうか。そんな思いで読み始めた。

著者が本書を書いたきっかけは、二〇一四年九月二七日の木曽御嶽山《おんたけ》での大規模噴火だとある。現場にいた登山者の「噴石の大きさは軽自動車ぐらい」との喩《たと》えにひっかかったのだ。「グスコーブドリの伝記」の「爆発すれば牛や卓子《テーブル》ぐらゐの岩は熱い灰や瓦斯《がす》といつしよに落ちてくる」という一節を思い出したからだ。賢治が牛になぞらえた噴石は人間にとって他者ではなく、一方軽自動車は身体的感覚からはずれている。賢治にとって人間、動物、森、山、水、大地は「共感と共苦の世界をともに生きている」のであり、火山を災害の根源とはしない自然との向き合い方をしている。牛と軽自動車の違いは大きい。

ここで、二〇一一年三月十一日の東日本大震災の時、どうしたらよいかわからないまま、なぜか宮沢賢治を読み始めたことを思い出した。科学技術文明の中で、深く考えることもなく暮らしているところへ自然の大きな力を見せつけられた時には、考え始める手がかりとなるのが賢治なのかもしれない。

忘れていることの再発見の切り口として著者が注目するのが、タイトルにある「デクノボー」である。「雨ニモマケズ」の中に「ホメラレモセズ、クニモサレズ、サウイフモノニ、ワタシハナリタイ」として描き出されているあれだ。

ここで注目するのが「虔十公園林《けんじゅう》」の主人公虔十である。「虔十はいつも縄の帯をしめてわらって杜の中や畑の間をゆっくりあるいてゐるのでした」と始まるあの話だ。賢治の物語はどれも始まりがよい。子どもたちからもばかにされていた虔十であり普段は自ら要求を出すことはない。ところがある時、どうしても植えたいと言い出して植えた杉がゆっくり成長し、二十年後に村がすっかり町になった時も林としてそのまま残り、子どもがにぎやかに遊ぶ場になっていたという話である。「あゝ全くたれがかしこくたれが賢くないかはわかりません」と物語は終る。

これは障害者と健常者が共生する思想の先的な提示ではない。デクノボーは「人間的な狡知《こうち》から解放されて、世俗の外部にある豊かな『愚』を生きるための、夢のような意識体」であり「そこに、人間の本当の故郷があるかもしれない可能性を、探究してみたい」という著者の指摘は重要である。

賢治の作品で最もよく使われるのは「風」であるとはよく言われることだが、著者もそこに注目する。賢治には確かに風聞……文字通り「風に聞いた物語」が多い。「賢治にとって風は、啓蒙《けいもう》の光（＝明るい世界）の対極にあるもの」、「豊饒《ほうじょう》な闇を出現させて謎を謎のままに守ろうとする」ものという指摘はその通りである。徹底的に管理された情報で人類の未来の繁栄が築かれるという嘯《うそぶ》きから賢治とともに決別し、存在の深淵《しんえん》から来ることばに聞き耳を立てようという著者の思いに心から共感する。

「春と修羅」を詩ではなく「心象スケッチ」とする賢治はそれを「田園の風と光との中からつやゝかな果実や、青い蔬菜《そさい》と一緒に提供する」と言う。限界のある意識と体をもちながら高次の可能態の地平と触れ合おうとしているのだ。こうして書かれた物語はファンタジーに見え、その場がイーハトーブだが、実は賢治の世界では幻想こそがほんとうの世界に近づく方法なのだ。

社会通念や常識で現実の輪郭を固めるおとなになる前の子どもたちに、この世界ではあらゆることが可能であるという真実を伝えるために、賢治は童話を書いたのである。デクノボーが示す「無主の（独占的所有者のいない）希望」を「賢治とともに私たちが希求すべき世界の可能性」とすることが、今本当に必要だ。読後、眼《め》を閉じて考えた。

他にはない科学との接点

イラスト、装丁、エッセイ、映画、ジャズ……こう並べると、この一つ一つからこれぞ和田誠というイメージが浮んできます。思いがけない訃報に接して以来、これらについてさまざまなメディアで語られる和田誠像は、どれもお洒落です。その一言、一言に肯き、この方と直接お話をし、人柄に接する機会を持つことのできた幸せを、噛みしめています。

和田さんとの接点は、思いがけないことに私の専門である「生命誌」によって生まれ、しかも、直接じっくり語り合う機会を和田さんがつくって下さったのです。生来とても不器用で、仕事以外の場で新しい方との関わりをつくるのが苦手なので、もし和田さんがはたらきかけて下さらなかったら、あのすてきな時間を御一緒することはできなかったでしょうから、なんと運がよいことかと思っています。

「生命誌」は、読んで字の如く「いのちあるものの歴史物語を読むことを求めて創り出した知」ですが、ベースを科学に置いていますので、細胞やＤＮＡが登場します。あれだけ多才で多彩な活動をなさった和田さんにも苦手なものがあり、それが科学だと伺いました。「ぼくの生活からはずれた遠くの遠くの遠くの方にあるもの」とおっしゃいました。確かに、驚くほど多様な作品に、科学を真っ向から扱ったものは見当たりません。

　そんな和田さんが、科学に根ざす「生命誌」の話を聞いて下さることになったいきさつを語らせて下さい。このいきさつの中で、和田さんがあれほど豊かな世界をお持ちになっているのは、いつもこんな風にものを見ていらっしゃるからだとわかったように思うからです。

　始まりは、『毎日新聞』の書評欄「今週の本棚」執筆者の、年に一度の懇親会でした。この欄の提唱者である丸谷才一さんが、いつものように原稿用紙に書かれたみごとな文を読む魅力的なスピーチをなさった後、なぜか私が話すことになりました。ここは、丸谷さんには決しておできにならないことをするしかない。そう思って日頃の研究の話をしました。「熱帯雨林の鍵となる樹はイチジクと言われます。それはいつも実が生っており昆虫や鳥や小動物のいのちを支えているからです。絶えず実が生っている理由は、イチジクコバチと呼ばれる体長二ミリほどのハチが実の中（実は花）に入って卵を産み、そこで生まれたメスが花粉を抱えて外に出て行くからなのです。この回転が速いのでイチジクはいつも実が生っている。ただ、ここで生まれたオスはメスが外へ出ていけるような孔をつくり、そこで命果てます。生物の世界ではオスはいつも悲しい」

話しながら、科学になど何の関心も示さないはずと思っていた和田さんが、コップ片手にあの魅力的な笑顔で熱心に聞いて下さっているのに気づきました。それだけで嬉しくなり、とくにオスの悲しさのところは心をこめて話しました。よくわかっていただけるだろうと思って。そして、遠くの遠くのものだと思っていても、偶然接する機会があったら最初から毛嫌いせずに何か琴線に触れるものを見つけ出されるのだな、と感じました。これが内に豊かな世界をつくるのだとわかった気がしました。

思いがけないことに、まもなくその手の話をもっと聞きたいと対談のお申し出があったのです。とても嬉しいけれど困りました。書評の会でイチジクコバチを選んだのは、やはりとびきり面白いからで、その手の話がゴロゴロあるわけではないからです。でも、この機会を逃す手はありません。

憧れの和田ワールド。全作品が置いてあると言われるオフィスでオズオズ始めた対談でしたが、本当に楽しかった。「科学ってわからないから研究するんでしょうしね」「科学ってすべて理くつで解き明かすものと思ってましたけれどそうでもない」とスパッとおっしゃるのです。普段科学について、それさえわかって下さったらそれでよしと思っている二つのことが、三十分で出てきました。

科学好きと自称する方は、科学の成果を求め、わからないことを嫌います。それでは科学の本当の面白さは出てきません。科学は論理とされます。もちろん論理的であることは不可欠ですが、時に直観が大事になり、時には情緒も必要です。魅力的な仕事には直観や情緒が生かされていることが多いと言えます。

ここでわかりました。科学を創りあげていくには、和田さんのような方が大事なのだと。科学に強い関心を示し、好きという人ばかりと接していてはいけないのです。どんな分野にいても本質が見える生き方があるということです。

ヒトクローンに話が及んだ時です。私が「生きものはできるだけ多様にしようと進化してきたので、まったく同じ個体を生み出す意味はないし、同じゲノムを持っていても環境で人間としては別の人になるし……」と懸命に話したのに対し、「ぼくもそれはよくわかるんですけど、科学ってとにかくできることはやってみようじゃないか、という面もあるんじゃないですか。無理することが」とズバリと言われてしまいました。シドロモドロでモソモソいうしかない。おっしゃる通りですから。教えられることが次々と出てきた体験でした。最近、ていねいに生きる、自分を生きるという魅力的な人が消えつつあります。柔軟でありながら芯がある人です。和田さんがいらっしゃらなくなって、またその感を強くしています。

対談を通して、和田さんと科学の結びつきに面白さを見出した私は、思い切ったお願いをしました。「新・生命誌絵巻」を描いていただけませんかと。「生命誌」という新しい知にできるだけ多くの方に共感していただきたいと思い、研究館活動を始める時に、そのコンセプトを「生命誌絵巻」として表現していました。三十八億年前の海で誕生した祖先細胞に始まり、現存の数千万種とも言われる多様な生き物たちが生まれた歴史を描いたものです(次頁参照)。ところで、研究を進めていくうちに、生きものの歴史は地球の歴史と重なっているこ とが見えてきました。地球が大きく変化する中で、絶滅も何回もくり返されています。地球の動きや絶滅の様子も入れなければ本当の生きものの歴史にはならない。そこで十周年を期に「新・生命誌絵巻」をつくりたいと考えている時期だったのです。

「いいですよ」。快諾に感謝しながら、ここはできるだけお手伝いしなければいけないと張り切って若い仲間と一緒にせっせと資料を集め、さまざまな生きものたちの写真を渡し……絵ができ上りました。和田さんの線で描かれたチョウやクラゲは可愛く、地球の絶滅もきちんとあります。でも、あんなにたくさんの資料をお渡ししたのにカンブリア紀のところはアノマロカリスだけ……数えるほどしか生きものがいません。最初はエッと思いましたが、じっくり見ると、大切なこと本質的なことはすべて描いてあることに気づきました。これは、科学の本質をついた、和田さんの作品としては類似品のない大事なものなのではないか。そう思っています。

大きく引き伸ばしたものは生命誌研究館の玄関ホールに、原画は私の居室にあります。

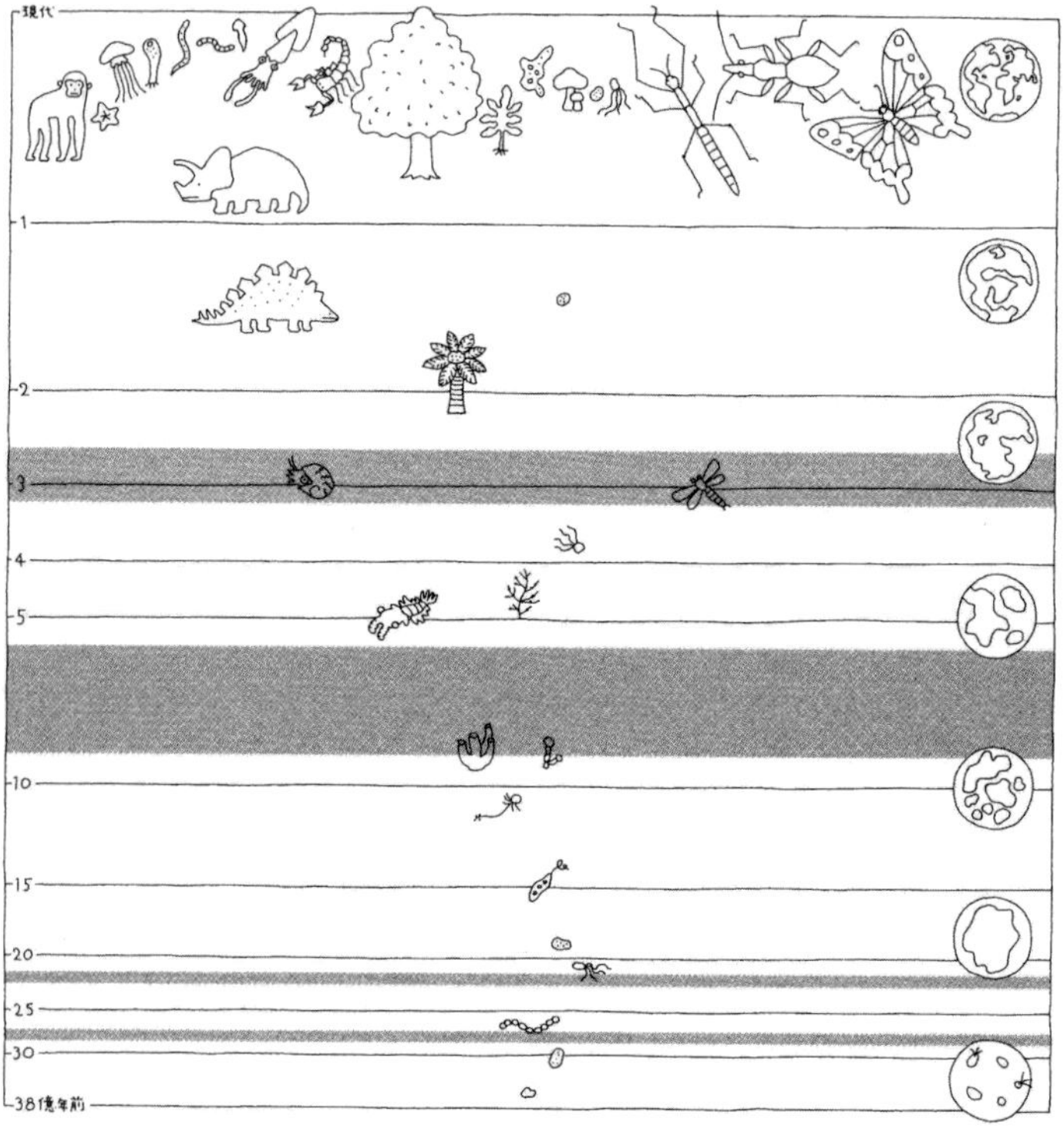

新・生命誌絵巻
イラストレーション：和田　誠
大陸移動・気候変動（とくに氷河期）などダイナミックに動いてきた地球の中での生きものの歴史を描きました。現存生物の大きさは種数比を表わしています。生きものと環境がお互いに影響し合いながら豊かな生態系を生み出した物語を紡いで下さい。

実は、デスクに坐ると正面に三枚の画があり、その一枚が「新・生命誌絵巻」。他の二枚は、これも和田さんが描いて下さった「ダーウィンと私」「キュリー夫人と私」です。これは「今週の本棚」の「私の三冊」でダーウィンとキュリー夫人を取り上げた時描いて下さったものです。ダーウィンからミミズをもらって幸せな気持になっているところを描いていただいたこともあって、毎日それを眺め、今日一日幸せで行こうと思うのです。和田さんと科学との接点という、他の方と違うところで和田さんからたくさんのことを学べたのは、幸せの一語に尽きます。対談で語られたたくさんの言葉と絵から感じとれる柔らかさと妥協を許さない芯の強さとを、これからの私の生き方に生かしていきたいと思います。本当にありがとうございました。

「生きものたちとひざをあわせて」

生きものの挑戦は空へ向けて

はじめに

ここ数年、生きものの上陸に関心を持ち、「上陸大作戦」と称して楽しんでいます。そんな中、「そら」に一文を書くようにというお手紙をいただき、ハッと気づきました。私たちにとって空は日常のことだけれど、それはこうして陸に暮らしているからだということに。たまたま私の家（東京）からは丹沢の向こうに富士山が見えますので、日没とその後にシルエットになっていく富士の姿、それを取り巻く夕焼け空の変化を見るのがとても楽しみです。季節によっても天候によっても山と空の関係が変わり、見飽きません。もし私が海で泳いでいる魚だったらこの美しい夕焼けを楽しむことはないでしょう。そこで、いつもはあたりまえと思っている空について最近の研究と重ね合わせながら考えました。

生命誌への道

今から三十年前、私が生物学に興味を持った頃、それまで多様な生きもの、つまりチョウやタヌキやタンポポのそれぞれに眼を向け、それぞれの特徴を見ていた生物学が大きく変わり始めていました。「すべての生きものは細胞でできており、それを構成する分子は共通、なかでもDNAは生命現象を支える基本情報を持っている。だからDNAを中心とした分子のはたらきを調べれば生命現象の基本がわかる」と考える分子生物学が始まっていたのです。これで「生命とはなにか」がわかる、しかも人間も同じ細胞からできているのだから、うまくいけば人間のこともわかってくるだろうと思うとわくわくしました。その後、分子生物学は急速に進み、それを楽しんでいたのですが、ある時から疑問がわいてきました。生きものは機械ではないのに、部品に分けてそのはたらきを見ているだけでよいのだろうかという問いです。生きものそのものを知りたいとしたらどうすればよいのだろうと考えた結果到達したのが「生命誌」です。私について知るには、私がどこから来たかを知る必要があります。祖先を辿ると、人類の起源に到達し、さらに遡ると生命の起源に行き着きます。三十八億年ほど前に地球の海で生まれた細胞です。私を構成する細胞はそこから続いているのであり、そのDNAには生命誕生以来、三十八億年の歴史が書き込まれています。地球上に現存するあらゆる生物のDNAは三十八億年間の歴史の記録なのです。これを読み解けば一つ一つの生きものの歴史と相互の関係がわかるはずです。これだ！　と思いました。チョウもタヌキもタンポポも私とつながっているものとして見えてくるのですから楽しくなりました。少し堅苦しく言うなら、生きものは、すべてが共通性を持ちながら多様なのです。以前の生物学は、主として多様性に眼を向けていました。分子生物学になってからは共通性に注目しました。多様性だけ、共通性だけでは本質が見えません。多様でありながら共通、共通性を持ちながら多様性を示す。「生命誌」はこれを見ていきます。

生きものは地球との関係の中にいる

生きものの歴史を探るには、生きものだけでなく、周囲との関わり、とくに地球の変化との関係を見ることが大事です。四十六億年前に生まれた地球が冷えると共に、原始大気中の水蒸気が雨となり海ができました。そして三十八億年ほど前にそこに生命体、つまり細胞が誕生したのです。原核細胞と呼び、現存生物では細菌がこれに近い姿をしています。次の大きなできごとは光合成の始まりでした。二十五億年ほど前のことです。光のエネルギーを用いて自ら物質をつくり出していく画期的な反応です。光合成で太陽のエネルギーを利用できるようになったので、生きものはこんなに長い間続くことができたのですから、これぞ大発明です。因みに、人間には、光合成に匹敵する能力がありません。これができたら、エネルギー問題、環境問題などなくなるのですけれど。光合成は、細胞の生き方を変えると同時に、大気中の酸素濃度をあげることで生物に変化を起こしました。

二十億年ほど前になると、真核細胞という私たちの体を作っているのと同じ細胞が誕生し、多細胞生物が生まれたのです。呼吸によって酸素を取り込み充分なエネルギーを得られるようになったのです。それまで地球には眼に見える大きさの生きものは存在しませんでした（当時は人間はおろか眼を持つ生きものはいなかったのですからこの言い方は変なのですが）。多細胞生物になると見えるようになりますし、形もさまざまです。そして五億年ほど前のカンブリア大爆発、その直後に始まった生きものたちの上陸で、格段の多様化が起きました。三十三億年近く海の中で暮らしてきた生きものたちの上陸とその後の変化は、地球の動きと緊密に関係しながら進みます。

生きもの上陸大作戦

生命誌研究館には、さまざまな生きもののDNAを解析して系統樹を描き、進化を追っているグループがあります。昆虫、植物、脊椎動物の系統樹を描きそれぞれの起源を調べているうちに、その起源は海から陸へと上がるところにあることがわかりました。そこで、上陸の頃の地球の様子と化石について調べたところ、「生きもの上陸大作戦」と呼びたくなる物語が見えてきました。

六億年ほど前、それまで一つながりだった超大陸が分裂し、間の海で多細胞生物たちが多様な姿を見せるようになりました。大陸の岩や砂が河川から流れこんで海に浅瀬ができ、そこに生きものたちが集まりました。浅瀬が多様な生きものたちで混み始めたからでしょうか。上陸が始まります。生きものには水が不可欠ですのに大冒険です。海の中にいれば安心ですが、陸では水に出会えず干からびる危険があります。でも上陸したのです。先頭は植物。ＤＮＡの解析によって、勇敢な先達は淡水性のシャジク藻類とわかりました。上陸した藻類は、地上にいた乾燥や酸に強い菌類と共生し「地衣類」になりました。共生こそ上陸成功の鍵だったのです。こうして増殖した藻類が岩を砕き、それがもとになって土が生まれます。ここでコケが生じ、水を保つ豊かな陸ができ上がりました。

物語の先を急ぎます。植物は、体に必要なエネルギーや物質のもととなる太陽光を求め、また子孫をふやす胞子を遠くへ飛ばすようにと上へ伸びて行きます。水中とは違い陸では重力が邪魔をしますし、上まで水を運ぶのも大変です。この難問を解決しているのが「維管束」です。水分を上に運ぶ「木部」とその外側にあって光合成産物を根まで運ぶ「師部」があり、リグニン（木質素）のある木部は丈夫で大きな体を支える役もしています。さらに忘れてならないのは根です。体を支えるだけでなく地面の岩を壊しながら土をつくります。こうして樹木が育ち、森ができていきました。川辺に森ができたところで昆虫や脊椎動物が上陸を始めます。

ここで興味深いことがあります。植物が上陸を始めた頃の大気は二酸化炭素が現在の十倍以上存在したのですが、植物が育ち、土も豊かになるにつれてその量が減って気温が下がり乾燥しました。当時の森をつくっていたシダ植物は低温、乾燥に弱かったのでここで消え、その後に裸子植物、次いで被子植物が生まれます。自分で自分が生きにくい環境をつくってしまうということも生物界には見られます。人間もこのように同じようなことをやってはいないでしょうか。

次に上陸したのが節足動物です。中でも昆虫は最も種数が多く、あらゆる場所で暮らしています。形を通して分類・系統を見ていた時には、昆虫の祖先は多足類（ムカデの仲間）とされてきましたが、ＤＮＡ解析によって鰓脚類（カブトエビ）と出ました。そこからまず無翅昆虫、そして有翅昆虫が進化してきたのです。

翅ができれば空に向かって飛べます。生きものにとって空というまったく新しい場所ができました。ところで、翅をつくる遺伝子を調べたところ、すでに無翅昆虫の時にその遺伝子が存在していたことがわかってきました。ショウジョウバエの翅つくりに関わる三つの遺伝子が、イシノミ（無翅）の背中と肢とではたらいていたのです。翅は、背中が伸びる力と肢が枝分かれする力との組み合わせで生まれてきたのだろうと考えられます。生きものは既存の遺伝子をうまく組み合わせて新しい能力を手にすることが得意なのです。翅もこうして比較的短時間で生まれました。

新しい冒険の始まり

さて最後の役者は脊椎動物です。元は、肉鰭類というヒレの厚い魚の仲間です。その仲間で今も海の中にいるのが肺魚とシーラカンスです。上陸していった仲間ではヒレが足に変わるのですが、近年、四本の足と尾ビレとを持つ化石（アカンソステガ）が発見され、水中ですでに上陸の準備が始まっていたことがわかってきました。アカンソステガは足で体を支え、顔を水面上に出して肺呼吸をしていたのではないかと考えられています。最近上陸への道を見せてくれる化石が次々と見つかっています。ヒレにはすでに私たちの足や手と同じ指の骨が準備されています。

因みにアカンソステガには八本の指の骨があります。このまま人間へと進化していたら便利だったのになあと想像してしまいます。このような進化は一直線ではなく、さまざまなことを試しながら今につながってきたことがわかります。脊椎動物の中で隆盛を極めた恐竜の中に空を飛ぶものが生まれ、それが鳥へとつながります。今では、恐竜は鳥として今も生きていると考えられるようになってきました。

実はまだまだたくさん面白い物語があるのですが、紙幅が少なくなりました。上陸することで多様化したと言いましたが、実は水に残った魚たちの中でゲノム重複が起き、そこでも多様化が起きたことを述べておきます。海でも陸でも生きものたちは多様化の道を辿りました。そして、もう一つ触れなければならないのが絶滅です。陸への冒険をした生きものたちは空にまで生活圏を広げましたが、地球は時に厳しく、激しい噴火や寒冷化などによる大きな絶滅がこの五億年の間に五回もありました。でも絶滅の後は、進化が加速され多様化が進むのです。どんな厳しい条件の下でも生きものは自らの形や生き方をさまざまにして思いきり生きることを続けてきました。

続くことそのことにこそ大きな意味があるのだと、生きものたちの挑戦を見ながら思います。空は暮らしの場としての新しい魅力を持っていると同時に、そこにある他の星たちにもさまざまな意味があります。輝く星を目印に方向を定めることで正しい道を移動できるのは人間だけではありません。

このような長い長い生きものの歴史の中で、多様な生きものの一つとして生まれてきたヒトにとっての空は、もっと大きな意味を持っています。『星の王子様』『銀河鉄道の夜』など魅力的な作品が生まれ、たくさんの夢がそこにはあります。海の中だけにいたのでは宇宙の果てを探り、宇宙のどこかにいるかもしれない仲間にメッセージを送ることはなかったでしょう。

海から陸への冒険は私たちに空という新しい世界を与えてくれました。生きものたちは、また新しい冒険を試みるに違いありません。

「人新世」を見届ける人はいるのか

「人新世」という言葉

最終氷期が終った一万七千年前に始まった完新世は終り、しかも人類の活動が地球のさまざまなシステムを変えて地層に変化を与え始めているという見方が一部の科学者の中に生まれつつあることを知ったのは数年前のことである。議論が現在を新しい地質年代とする必要があるとするところまで進んでいることに驚いた。

ここで、新しい地質年代を「人新世」（Anthropocene）と名づけたのが地質学者ではなく、オゾン層破壊の研究で一九九五年にノーベル化学賞を受賞したP・クルッツェンであることが眼を惹く。またそれを受けての専門家による議論の結果、「人新世」の始まりは一九五〇年という考え方が主流になっているところも興味深い。一万年ほど前の農業の始まりや、十八世紀の産業革命を始まりにするという考え方もあるが、やはり一九五〇年が有力のようである。その理由は、二十世紀後半になってプラスチック、コンクリートなどの大量生産・大量消費時代に入り、土に戻ることのないこれらの物質がこれから長い間蓄積し続けるであろうという予測にある。このような構造物だけではない。エネルギー大量消費、森林の破壊などによる大気中の二酸化炭素の増加による地球温暖化も問題である。更にプルトニウムなどの核物質が核開発によって地球にまき散らされたことにも眼を向ける必要がある。確かに、これらの物質やそれがひき起こした地球の変化が現在の私たちの生活にさまざまな影響をもたらしていることは事実である。とはいえ、これが地層に恒久的な痕跡として残るのかどうかは改めて検討しなければならないのではないだろうか。残らなければ新しい地質年代と呼ぶにふさわしくないからである。

専門家がどのような答えを出すかは議論の結果を待つしかないが、実は私はそれにはあまり関心がない。「人新世」という言葉が示しているように、今起きている変化の原因は他でもない人間自身にあり、しかもその変化の影響を受けるのは、人間自身とその仲間である生きものたちである。そこでまず考えるべきは、ここにあげられているさまざまな課題が、人間にとってどのような意味を持つかということのはずである。もっと身近な課題として考えるなら、今ここでの私たちの生活にどのような影響を及ぼしているかを具体的に知ることであり、必要なら私たちの生き方を変えることだと思うからである。

私にとっての「人新世」

まず考えたいのは、科学者たちによって地質に痕跡を残すと考えられている変化の時間が、地質学での時間に比べて途轍もなく短いことである。私の時間として見るなら一九五〇年は中学生、自分自身にも社会にも責任を感じながら生き始める年齢にあたる。つまり一九五〇年からこれまでの六十七年は私が一人の人間として、社会の一員として生きてきた時間と重なるのである。そこで、「人新世」という言葉のもつ「人」をどう受け止めるかという問いに対する答えはまさに「私」になるわけである。もちろん、私一人が社会を動かしたわけではないし、むしろ本音はこんな社会をつくるためにいっしょうけんめいはたらいてきたのではないという感覚の方が強いのだが、この時代を生きたという事実は否定できない。この時代を生きた「人」である「私」として考えたい。

クルッツェンが、地球環境の変化について語り合う専門家たちの議論を聞いて、「今は完新世ではなくすでに人新世に入っている」と思わず言ったその時の気持は、この変化の原因は私たち人間の活動にあるのだということを確認したかったのではないかと想像している。その奥には、このままでよいのかという問いがあったのだろうとも思う。私も同じ思いを持っているからである。現代文明を批判的に見て生き方を見直そうという提案はこれまでも度々なされてきた。しかし、何も変わらなかったし、今も社会の指導者たちはこれまで通り成長のかけ声をかけている。

なぜ変われないのだろうと問いながら暮らしている者としては、今回の「地質年代まで変わるのではないか」という指摘はインパクトがあり、人々の行動や考え方を変えるかもしれないという期待を持たされるものではある。しかし、核抑止力などと言い、核兵器禁止条約への参加さえ考えようとしない人達には何の影響も与えないだろうという声が、自分の中から聞こえてくるのである。このまま進めば、恐らく今後地質年代が対象とする長さだけ人類が続くことは難しいであろうから「人新世」の議論は無意味となる。だからこそ、まずは人類が続くことを求めて今私たちが行なうべきことを考えたいのである。

「私」の原点

一九五〇年代を考える出発点はやはり第二次大戦の終結だろう。世界中の人を巻きこみ、終には原爆まで使用した戦いに疲れ切り、言うなればすべての人が新しい世界を求めたのである。米ソの支配権争いはあったが、冷戦という形であり、多くの人の願いは生活の安定であった。

小学校四年生で敗戦を体験した私が求めたのは三度の食事を楽しみ、思う存分本が読める暮らしだった。科学技術によって物の豊かさや便利さを生み出そうというおとなたちのかけ声に、映画やテレビで知るアメリカの人々の暮らしが世界中に広がることを夢の実現だと考えた。

まだまだ社会全体が貧しい中で化学を学び、生物化学、更には分子生物学を専攻し、それを生かした仕事をしながら平和で豊かな社会で市民生活を送る自分を思い描いていた。ところが、六〇年代には、早くもこの未来に大きな疑問符がつくようになったのである。水俣病、四日市ゼンソクなど企業活動が原因の汚染と健康被害が日常の話題になり、一九六七年には公害対策基本法が生まれた。一九六二年出版のレイチェル・カーソン『沈黙の春』によって、現代文明が「生きもの」へのまなざしに欠けていることに気づかされた。一九七二年には国連人間環境会議が開催され、それと合わせてローマ・クラブの委託で作られた『成長の限界』が出版された。当時作られた「宇宙船地球号」という言葉はほとんど使われることがなくなったが、ここで今思い起こされる。これ以降の経緯を述べることはしない。しかし、地球レベルの気象異常が見られる中で大国の大統領が第二十一回気候変動枠組条約締約国会議（COP21）による「パリ協定」からの離脱、核兵器禁止条約への不参加を選択する現状がある。被爆国である日本がそれに追随するという選択も理解に苦しむ。

「私」は、人間は生きものでありそれを基本に置かなければ一九五〇年代初めに求めた未来は現実にはならないことに気づいているのに、リーダーたちが牽引する社会は、「人新世」という言葉を生む方向へ動いてきたのである。ここでの「私」は日本で暮らす普通の人であり、世界にも同じ仲間はたくさんいる。

地球というシステムの中にいる存在として

地質学の時間を思考の中に取り入れるなら、空間としては宇宙の中での人間の位置づけを考えることになる。宇宙創成から百三十八億年、太陽系が生まれて四十六億年、その中の一つの星である地球に生きものが生まれてから三十八億年、その中でホモ・サピエンスが生まれたのが二十万年前という歴史が見えてきている。その中で賢く生きるとはどういうことだろうと考えることができるようになった今、私たちにできるのは、文明を持ち始めてからの一万年を振り返りながら、これからの生き方を探ることだろう。

「人新世」の議論で気になるのは、今述べたように私たちが地球というシステムの中にいることは明らかであるのに、外からの視点で語られているところである。そしてこの地球が生きものとしての人間が暮らせないところになるであろうことを予測する人々は二つの選択を示す。一つは地球を捨てて他の星、たとえば火星に移住することである。第二は生物工学、サイボーグ工学、AIを駆使して生きものとしては暮らせなくなった地球で暮らす方法を生み出そうというものである。現実に今、政治家・経営者・科学技術者は、イノベーションと称してこの方向への動きを明確な構想もなく進めている。この選択の先は、

「地球に生まれた生きものとしての」という言葉は消して、新人類誕生をイメージすることになるわけだが、イノベーションの提唱者たちはそれを支える理念・思想なしに経済と技術の側面から当面できることを考えているだけのように見える。

楽天家であることでは人後に落ちないと思っているのだが、今の流れを見ると、その私にさえ滅亡への道を歩いているようにしか見えない。こんな社会を次へ渡すつもりではなかったという気持が強い。

生きものとしての自覚から明確な世界観を

これぞ正解という答えを出せるとは思わないが、生命誌の専門家であると同時に日常生活を大切にしたいと願いながら暮らす生活者でもあるという二つの重なりからは、百三十八億年の時の流れの中で生まれたホモ・サピエンスとして生きるという、いわば平凡な選択が最も現実的だろうという答えが見える。そして、三十八億年もの長い間この地球で生き続けてきた生きものの一つとしての人間の中に組み込まれた生きる力を思う存分生かして、すべての人がそれぞれの生活を生き生きと暮らす日常がイメージできるのはその選択であろうと考える。たかだかこの五十年で積み上げた現代文明と、宇宙創成に始まりそこで生まれた生きものの中に組み込まれた生きる力のどちらが優れているかと問えば後者という答えになるだろう。生きものの中にある複雑さの中に豊かさを持つさまざまなしくみを見るだけでも、それはわかる。

多様な生きものを仲間としながらその中で唯一、強力な想像力から生まれる創造力を持つ人間として、社会制度や科学技術などをどのようにつくっていくか。その選択の中ではコンピュータもゲノム技術もその使い方は自ずときまり、生きものとして生きる人々を支えることになるだろう。私個人は生命誌を基本に、「人間がつくりあげる文明の中で生きる私と三十八億年の生命の歴史の中にいるヒトとしての私とを重ね合わせた世界観」を持ち、すべてをこれに基づいて判断している。この方向が地球という星で、生き生き暮らす方法であると考えてのことである。

もう一度まとめよう。「人新世」を地質年代とするか否かは専門研究者に任せたい。ただ、人間を生きものとして見る立場からは、それが意味あることとは思えない。「人新世」と思わず言わずにはいられない状態を続けたら、恐らく「人新世」を地質年代として見届ける人間は存在しないだろうからである。

新大統領にも注文を

米国大統領がトランプ氏に決まった直後に報じられたのは、株価と為替の変動だった。排外主義や差別を公然と口にする大統領候補に、ただ呆然としているうちに当選が決まってしまった。その根には格差社会への不満があるとの分析に、英国の欧州連合（EU）離脱の時も同じことが言われたことを思い出す。私も、新自由主義が唱えられて以来の、普通に暮らそうとする人々が理不尽な格差に苦しむ社会はなんとかしたいと思う。しかし、その不満がトランプ大統領の選出となり、変化への対応が株価の動きに表れて皆が右往左往するだけでは、事は何も解決しない。

この右往左往の中で、次世代、さらにはその先に関わる大切なことが忘れられるのが怖い。近々では、核兵器禁止条約に向けた交渉の二〇一七年開始を求める国連総会第一委員会（軍縮）での決議がある。温室効果ガスの排出削減努力を求める初の国際協定（パリ協定）の発効と、モロッコ・マラケシュで開催された国連気候変動枠組み条約第二十二回締約国会議（COP8）も重要だ。

実は今世紀初頭から地質学者の中である議論が行われている。地球の地質年代は、先カンブリア時代・古生代・中生代と続き、恐竜の絶滅後は新生代と呼ばれる。その中で百五十八万年前ごろから続いた氷期が終わった一万年ほど前からの、人類が農業を始め現代へと続く時代を完新世と呼ぶ。地質学者の議論は、近年人類の活動が地球の化学組成や気候に影響を与え、それが年々大きくなっていることを踏まえ、今や新しい地質年代「人新世」に入っていると考えなければならないというものである。正式決定ではないが、そう考える専門家はふえているようだ。そこで、人新世の始まりを産業革命とする考えもあるが、二十世紀半ばとする意見が強い。「核兵器の使用の痕跡」が最も重要で、その他二酸化炭素やメタンガスの大気中濃度、成層圏のオゾン濃度、地球の表面温度、海洋の酸性度、海の資源や熱帯林の変化を見てのことだ。四十六億年の地球の歴史に人間の影響を入れて考えなければならないというのは、大きなことである。

核兵器禁止とパリ協定はここにピタリとはまるテーマであり、地球の歴史、人類の歴史の中で、今を生きる者としての責任をどう取るかという課題である。核兵器禁止条約の制定に向けた交渉の開始は百二十三ヶ国が賛成、反対は三十八ヶ国、棄権は十六ヶ国で議決された。なぜか日本は反対票を投じたのである。しかもその後に核拡散防止条約非加盟のインドと原発輸出を可能にする原子力協定を結ぶことまでした。

パリ協定は、途上国を含めたすべての国での温室効果ガス排出削減努力を求める点でまさにグローバルであり、未来を考えている。ここでも日本はなぜか消極姿勢を取った。温室効果ガス排出削減に必要な技術開発では先進国であるはずなのに、出遅れた意味がよくわからない。

このように、無意味な競争で格差社会をつくるのでなく、人類の歴史を生きるという意識をもつ人々が協力する社会へ向けて、考えなければならない大事なことはたくさんある。それらの課題に対する活動によって社会を活性化し、皆が生き生き暮らす社会をつくること。トランプ氏にもそれを執拗に求めることこそ、今やらなければならないことではないだろうか。

今ここを充実して生きる

二〇一一年三月十一日。長い間、生命・人間・自然・科学・科学技術を通して生き方を考えてきた者としては、それらが混じり合って崩れるのを感じ、私は何をしてきたのだろうと考え込むほかなかった。社会の一員として、被災地の復興や原発事故被害の修復に努めるのは当然だが、これを災害と事故という視点だけで捉える限り、どんなに気をつけてもいつかは風化してしまうに違いない。記憶を越えて、次へとつながる新しい生き方を考えなければならない。

長谷川櫂の近刊『震災句集』（中央公論新社）にこうあった。俳句は〝間〟に語らせ、季語によって宇宙のめぐりの中に位置づけられる。つまり「悠然たる時間の流れ」の中にあるので、災害直後に詠むと時に非情となる。一年という時を経て刊行したのは時間の流れを映したかったからであると。

私が「生命誌」で考えてきたのがまさにこの「時間の流れ」である。物や空間ではなく時間に眼を向けてこそ、「生きる」が見えてくる。そこではすべてが、長い時間の中に位置づけられる。身近な命を失なった多くの人、放射能汚染を心配する母親、田植えのできない農民などを前にして、「時間」という言葉を口にするのははばかられた。しかし、新しい生き方を求めるなら「時間」を浮かび上がらせるしかないとも思うのである。一年を経過した今、生命・人間・自然・科学・科学技術という課題を、流れ続ける時間の中で考えたい。

人間は自然の一部である。何を今更と言われそうなこの言葉から始める。東京電力福島第一原子力発電所の事故の経験から多くの人が脱原発を唱えるのは当然である。しかし、原子力発電所だけを悪者にしても事は解決しないことも確かである。今や近代と呼ばれる時代のありようを考え直す必要があるのだ。

近代文明は、量的拡大と利便性（時間短縮）を進歩とみなし、科学技術でそれを具現化した国を先進国としてきた。科学技術は自然科学の知識を活用してきたとされるが、それは、自然を機械と捉え、外から操作する立場で進められ、自然そのものに向き合っては来なかった。人間は自然の外に存在するかのように振舞い、自然とは無関係な人工世界をつくることに専念してきたのである。近年は金融経済がこれを加速し、格差や限りない欲望を称えるまでした。その結果、人間がより大きな存在になったかと言えば、むしろ閉塞感をつのらせ小さくなったのではないだろうか。進歩、とくに空間や量の拡大を求めての進歩の時代を終え、新しい文明の構築を考える時が来ている。3・11以降その感を更に強くした。

実は科学は、人間が生物の一種として他の生きものと三十八億年という長い歴史を共有する存在であることを明らかにした。もう少し具体的に言うならバクテリアとも昆虫とも共通の場に立っているということである。更に広げるなら私たちは百三十八億年前に生まれた宇宙を構成する物質でできている。人間は自然の一部であるとはこのような事実をさし、これは人間が長い時間を内に持つ大きな存在であることを示している。悠然と流れる時間を生きているのである。

人間はバクテリアとも昆虫とも同じ世界を生きると言っても、生きものそれぞれはその特徴を生かして暮らしている。では、人間の特徴はなにか。最近、霊長類研究や人類学などから想像力、分かち合いの心、世代間の助け合いなどが人類誕生と関わり、過酷な環境の中で生き続けることを支えてきたという興味深い報告が出されている。言葉は情報の分かち合いの道具だとも言われる。

想像力は、今ここにいない人や過去や未来をも考えられる大事な能力である。科学も、見えないものを見る眼があってこそ生まれた知である。進歩はこのすばらしい能力を生かし、よりよい将来を求めた価値観であり、人類として当然の方向だったと言える。

しかし今や、量と利便性で測る進歩は、よりよい将来につながらないことがわかってきた。想像力を別の形で生かす方法を皆で考える時と言える。私は、自然そのものに向き合い、その中の生きものをよく見つめ、生きものとしての生き方を踏まえたうえで、人間の特徴を生かすことが次の道だと思っている。

今ここにあることを大切にし、今を充実させようと思う。それは私だけに閉じこもることではない。自らの中にある長い時間やさまざまな関係性に眼を向けることであり、そこには過去や未来、地球の反対側に暮らす人、更には宇宙までが入りこんでいる。そこから人類の出発点にあったとされる分かち合い、助け合いを広げていくことである。それには、まず一極集中に象徴される数や量への指向を止め、地域を生かす社会を作ることだ。お互いに分かち合って暮らすことのできるコミュニティの成員は百五十人とされる。もちろん今これを単位とせよとは言わない。しかし、小さなコミュニティが存在し、それが積み重なって地球にまで広がっていくのが暮らしであり、グローバルと言われて上から振り回されるものではないことは確かだ。

食べ物、健康、住まい、環境、エネルギー、文化(知や美)の基本を小さな地域の自然に合わせて作るだけの余裕と知恵を、今私たちは持っているはずである。充実した今を積み重ねてこそよい未来がある。

忘れられた？　教訓

「あの日」からもうすぐ五年がたつ。警察庁の二月の発表によると死者は一万五千八百九十四人、行方不明者は二千五百六十二人。いまだに仮設住宅で暮らしている方が、六万七百八十四人（一月現在、復興庁まとめ）という数字を見るだけでも、被災地の問題は今も続いているとわかる。一人一人の方が普通の暮らしができるように、国や地方自治体はもちろん、皆の努力がまだまだ必要だ。

そう思いながら仲間と話していると、必ず出てくる言葉がある。「あの日大きな衝撃を受けて、これから社会を変えなければいけないって思ったし、大勢の人がそう言っていたね。でも、みんな忘れちゃったみたい。忘れないつもりでいても一人では変えられないし……」。私も同じ気持である。

「あの日」、私は特に科学技術について考えた。それらを発展させ、自然から離れた便利さの中で暮らすことが進歩だと一般的に考えられてきたが、対抗できないほどの力を持つ自然が近くにあることを嫌というほど思い知らされたからだ。原子力発電所は、地震や津波を意識せずに建設してはいけないことがはっきりした。それなしに安全性を語っても無意味だ。防潮堤についても同じで、力で対抗しようとしても自然にはかなわない。

科学技術を否定するつもりはない。ただ、人間は自然の中にいる生きものという当たり前のことを忘れ、自然離れを進歩と考えてはいけない——生きもの研究が専門の私は、長い間このように考えてきたが、そうではない社会の動きを変えられないという無力感も抱えていた。

これで変わる。「あの日」はそう思った。しかし結局変わらなかったと、今、無力感がふくらんでいる。たとえば防潮堤。先日福島県いわき市の海岸で、海がまったく見えず潮の匂いも感じさせない巨大な防潮堤を目の当たりにした。地元の人は、日頃海が見えなければ危険の察知は難しいと嘆いていた。被災直後、私は樹木を生かした「森の防潮堤」の提案に関心を持った。その後、強度、樹木の育成・維持などの問題点が指摘され、そのままでは実現が難しいことが見えてきたが、その考え方まで捨てることはない。

住む人々の暮らしと、それを支える町づくりがあっての防災である。緑とコンクリートを対立させ、巨大な防潮堤を造ってしまうのは間違いだろう。さまざまな分野の専門家の知恵を生かし、時間をかけて考えれば、地域の自然に合った答えが見つけられたのではないかと残念だ。新しい方向を探ることを止めてはいけない。

原発の事故処理についても考えさせられる。事故時にこそロボットが活躍するだろうという素人の期待は裏切られ、防護服に身を固めた人の力に頼るほかない状況に、科学技術立国の偏りを感じた。汚染水処理もすっきりしない。廃炉へ向けての作業では、新技術を用いて二号機の炉心溶融がやっと確かめられたが、落ちた燃料の所在はまだわかっていない。放射性降下物については、田畑や森林とそこで育つ作物・家畜の汚染の解明に研究者の努力が続いており、正確な情報を通して住民の健康を守る実例にしてほしい。

技術ありきでなく、自然とそこに暮らす人から始まる技術にしよう。社会の変化の第一歩をここに求めたい。

地球に生きる生きものとしての人間を考える

人間を超えるという驕り

科学技術者の中で、人工知能やロボットが人間を超える日が遠くないという考え方が出ています。米国にはそれを二〇四五年と明言する人もいます。人類が地球上で生きのびていくしかないというならテクノロジーを用いて無機的なポスト・ヒューマンに発展していくしかないという見方です。生物工学、ナノテクノロジー、ロボット工学を用い、統括はＡＩ（人工知能）の役割としています。そこにはＩＤ（インテリジェント・デザイン）という考え方があります。

一九九〇年代、進化論を否定する米国のほんの一部の科学者が、自然選択による生物進化の中で人間が生まれたという考え方を認めず、どこかにある高度な知性によるデザインを主張しインテリジェント・デザインと呼びました。彼らは、学校で進化論と同時にこの考え方も教えるようにと求め、一部の州で認められた例もあります。しかしこれは決して大きな動きではありませんでした。

ところで、最近のＩＤは、人間自身が高度な知性を持つ存在として自らをデザインするということを意味しています。ここでの高度な知性には人間自身の知性だけでなく人工知能をも含んでいます。反進化論の場合と違い、先導的科学者が、人工知能を含む先端技術を持つ自分たち自身をデザイナーと位置づけているのであり、主流となる気配が感じられます。

同じ科学でも、生きものの研究をしている私には、どこまで本気なのだろうという疑問が湧きますが、ＡＩやロボットの分野の研究者には、真面目にその方向を見ている人が少なくないようです。

とくにＡＩは、将棋や囲碁で上位のプロに次々と勝つという、素人にもわかりやすい成果をあげているので、鼻息が荒いようです。将棋も囲碁も複雑とはいえ明確なルールがありますから、過去の対局記録を大量に入れ、コンピュータで素速く検索すれば適切な手を選べるでしょう。最近のＡＩは学習能力が高いので、手強い相手です。しかし、自然界や社会で起きていることのほとんどは、ルールがよくわからないゲームです。それを考え、判断していくのが人間の役割であり、これはＡＩとは異なる能力です。

ところで、ゲームを戦っているＡＩの思考や判断の過程はまったくわからないのだそうです。まさにブラックボックスです。最近の技術はブラックボックスが多いと言われ、コンピュータはすでに私にはブラックボックスです。けれどもそれは私が素人だからであり、コンピュータを製作し、プログラムを組んだ専門家はわかっていると信じ、安心してコンピュータの前に坐り、便利に使っているわけです。科学とは違い、技術は既知のことを基本に動いているものとされています。周囲の機械がどう動いているのかわからない状態を考えると恐ろしくなります。

ＡＩの場合、本質的にわからないのではないけれど、その動きを逐一調べるには膨大な費用と時間とがかかり、現実には解明が不可能なのだそうです。将棋の羽生善治氏が、対局後に対戦者と思考過程を語り合うのが最も楽しく勉強にもなるのに、ＡＩではそれができないのがつまらないと話していました。大事なところではないでしょうか。ＡＩに関わる科学技術者が皆、ＡＩは人間を超えると考えているとは思いません。けれどもほとんどの人がスマホを扱う情報社会であることを考えると、専門家もわからないという形で技術を社会に普及することには慎重であって欲しいと思うのです。

新しい科学を考える時

ところで、現存の技術を用いて人間を超えると考える研究者・技術者は、人間をどのような存在と見ており、何をもって超えたというのでしょうか。生命誌という分野で、チョウやクモなど小さな生きものたちの研究を通し、生きているとはどういうことだろう、生きものの一つである人間とはどういう存在なのだろうと考え続けていると、人間はもちろん、小さな生きものたちもまだわからないところだらけというのが実感です。わかっていないものをどう超えるのか、将棋に勝ったからと言って人間を超えたことにはならないはずです。

実は今、科学そのものが変化しています。十七世紀にヨーロッパで生まれた科学は、デカルトの機械論と、ベーコンの人間による自然の支配という考えを代表とする機械論的世界観の下、物理学を基本に自然を解明してきました。ガリレオ、ニュートンに始まり、二十世紀に入るとアインシュタインの相対性理論やシュレーディンガーなどによる量子力学が生まれ、素粒子から宇宙までをつなぐみごとな体系をつくりあげました。自然は一つの謎を解くと更に多くの謎を見せるところがあり、今や宇宙の始まりやダークマター、ダークエネルギーなど、より深い問いに向き合わなければならない状況ですが、だからこそこれからどんなことがわかるか楽しみです。

しかし、物理学者の中に「現代における科学的な知のあり方は相当にいびつなのではないかと思っている。そのいびつさが、科学的な知にとどまらず人間の知全般に及んでいるのではないかと危惧している」（蔵本由紀『新しい自然学』、ちくま学芸文庫）という考え方が出ていることも確かなのです。これは、決して現代科学を否定するものではありません。むしろ、「天体の運動や極微の世界はみごとに描写するけれど、ごく身近な世界についての素朴な問いには答えられない科学の現状を抜け出し、豊かな学問を作りたい」という意欲につながっていきます。これは、生命科学に同じいびつさを感じ、「生命誌」という分野を創って生きものについて考えている私の気持と重なります。つまり、これまでの科学を踏まえて、生きものや人間を含む等身大の世界、いわゆる複雑系を知る新しい学問をつくる必要性が、今生まれているのです。

ＡＩやロボットの専門家にも、このような科学者の動きにまで視野を広げたうえで技術に向き合って欲しいと思っています。

地球と生きものに注目する

新しい学問の創成は、楽ではありません。けれども、蔵本先生が指摘なさる「いびつな科学」をどんどん進めて、人間を万能と思い込み、しかもその人間を超える技術を持とうと性急に考えるのはどこかおかしいのではないでしょうか。謙虚に、宇宙・地球・生きもの・人間に向き合って考えることが必要ですし、実は楽しいことだと思っています。

変化への方法の一つとして、世界観に眼を向けます。哲学者の藤沢令夫・大森荘蔵先生のお二人がいつも話して下さったのが、世界観は単なる学問的認識ではなく、それを含んでの全生活的なものだということでした。世界・自然をどう見るかということと、人間をどう見るか、どう生活し行動するかがワンセットになっており、現代社会ではそのすべてが自然科学のもつ機械論になっているところを考え直さなければいけないと言われました。科学者が、科学は生活とは別だと考えているのがいけないとも指摘されました。先生方のこの教えこそ今考えるべきことです。私は「機械論的世界観」では自然は見えず、「生命論的世界観」が合っていると考えています。「人間は生きものであり、自然の一部」ですから、生きものに注目することは、人間を考えるうえで意味のあることですし、科学と生活を一体化して考えることにもなります。

ところで、生きものの特徴は生まれることであり、その後も常に変化することです。近年、宇宙も百三十八億年前に無から生まれ膨張し続けていることがわかり、まさに生成、変化が自然を見る時の大切な眼になってきました。近代科学を支える機械論的世界観が生まれた十七世紀と現在との違いとしてもう一つ、地球への意識があります。ギリシャの時代から宇宙と人間との関係は考えられており、近代科学もその中で生まれました。時間も空間も宇宙との関わりの中で考えられてきたのです。ところで今、私たちの日常には地球レベルで考えなければならない課題がたくさんあります。

宇宙に浮ぶ一つの星として撮影された地球の写真を眺めてから半世紀以上がたちます。そこで暮らす七十七億人もの人間がすべてアフリカから出発した一つの種であり、仲間であることもわかりました。今や経済はグローバルが日常です。地球上のあらゆる場所で起きたことが、瞬時に映像で送られてくるようにもなりました。一方、地球環境問題という厄介な課題はどのように解決してよいかわからない状況です。宇宙の中に地球が生まれ、そこに水があったために生きものが生まれ、多様な生きものの一つとして人間が生まれたというこの流れの中で人間を捉えなければ、学問と生活を結んだ世界観をもつ生き方などできないと思わされるのが実情です。

自然の一部という感覚

新しい知は、宇宙・地球・生きもの・人間という全体を意識するところから始まります。そして、自然を機械として捉え、人間を、それを支配する存在として見る考え方から抜け出すことです。さまざまな生きもののゲノム研究から、地球上の生きものは三十八億年前に生まれた細胞を祖先とする仲間であることは明らかです。これほど長い間続いてきた生きものは、地球上で続いていく方法を知っていると言ってよいでしょう。身につけていると言ったらよいでしょうか。そこに学ぶところから始めずに、現在の知識だけで人間を超える存在を求めるのはよい選択とは思えません。生きものであることをよく見つめて、そこから新しい社会をつくりたいと思い、小さな生きものに学ぶ日々を送っています。

「発展を問い直す」

科学研究のありよう

ノーベル医学生理学賞の授賞が大隅良典・東京工業大栄誉教授に決まった。競争心とはおよそ縁のない地道な研究スタイルを見てきたこともあって、お祝いの気持は格別である。そのうえで、この機会に現在の科学研究のありようを考えてみたい。

ノーベル賞受賞者は必ず基礎研究の重要性を指摘する。近年、研究者社会を競争や選択と集中という言葉が支配し、しかも、役に立つか、経済活動に貢献するかという判断で選択がなされている。その必要性は認めるが、これだけを求めると研究者社会は歪む。そこで、受賞者は、基礎研究の重要性を訴えるのである。けれどもこれが、賞を得るには基礎研究が大事だという流れをつくっているようにも見える。

そうではなかろう。研究は、芸術・スポーツなどと同じ基本的な社会活動である。賞があろうとなかろうと社会を豊かにするものとして存在する活動のはずである。たとえば生物学は、生きものには多様性こそ重要であること、現存の人間はすべて祖先を共有する一つの種であることなどを明らかにした。私たちのゲノム（DNA）にはうまく働かない部分が必ずあり、障害があってはならないとすると誰も存在できなくなることもわかった。これらはすべて差別は無意味であることを示している。生物学では当たり前のこれらの事実を皆が知って暮らしてほしい。すぐに役に立つとかすばらしい賞を受賞するとかではなく、人々を豊かにする文化の一つとしての学問を大切にするのが本来の姿である。

ノーベル賞は、今、最も高く評価できる研究成果を教えてくれる。その選考は絶対のものではなく、すばらしい研究は他にもたくさんあるのはもちろんだが、とにかくその一つが示されるわけである。どこの国の、誰が受賞しようと、それは現在を生きる私たちに与えられた大事な知であり、それを知って自分を豊かにできる機会を手にしたのである。ところが、医学生理学賞の発表以来あらゆるメディアに「オートファジー」があふれたのに、物理学賞・化学賞は小さな報道で終わり、研究内容の説明はほとんどなかった。受賞者が日本人でないというただそれだけの理由で。ニュースの時間に、学者による日本人の受賞予測を流し、当たり、はずれをうんぬんするところまでいくと、行き過ぎとしか言えない。物理学賞は「トポロジカル相の理論化と発見」、化学賞は「分子でメカニカルな機構を模倣する基礎研究」とあり、これを見ただけでは素人にはサッパリわからない。しかし、少し調べてみると、ともに形のありように関わる研究であり、とくに化学賞は面白い形の分子が登場して興味が湧く。これらの分野で活躍する日本人研究者はいるはずで、ここはぜひ解説を伺いたいものだ。秋は学びの季節でもある。皆で頭の体操をして科学を身近なものにする機会にしたら、科学も喜ぶだろう。

科学は芸術やスポーツと同じ文化として存在するとはいっても専門用語もあってわかりにくい。私は、論文は楽譜であると捉え、その演奏が必要と考えている。研究館はリサーチホール、科学のコンサートホールである。一流の音楽を一流の演奏で誰もが楽しむように、科学を楽しむ場である。研究成果をさまざまな形で美しく表現すると、その中で新しい発見もある。国威や経済のためだけにあるのではない、文化としての科学に目を向けよう。

ムヒカ流生き方

「質素」という文字を久しぶりに目にし、よい言葉だと思った。ウルグアイの前大統領ホセ・ムヒカ氏の来日講演の紹介記事の中で見たのである。

「世界でいちばん貧しい大統領のスピーチ」という絵本を読み、それが二〇一二年ブラジルのリオデジャネイロで行われた「国連　持続可能な開発会議」でのムヒカ氏のスピーチであることを知って、その考え方、生き方に共感を抱いていた。すでにご存じの方が多いと思うが、大統領時代も農場で菊を栽培し、資産の八十パーセントは寄付、個人資産は一九八七年型のフォルクスワーゲン・ビートル（十八万円ほど）だけという暮らしをしたというのだから徹底している。その実践を踏まえて、世界のリーダーたちにお金とモノに振り回される高消費社会からの脱皮を呼びかけたのがリオでのスピーチである。

そしてこの四月の来日の際には、主として若者たちに話しかけた。そこで「私は世間から貧しいと言われているが、決して貧しくない。質素を好むのだ」と語った。そして、貧しいとは、無限にモノを欲しがるところで用いられる言葉だと説明した。そういえば、自由主義経済の祖といわれるアダム・スミスも同じことを言っている。幸せに暮らすには最低水準の収入は必要だが、それを超えてどこまでも収入を求め続けるのは弱い人であり、賢い人は見極めをつけるというのである。

賢く見極めをつけて質素な生活を楽しみ、幸せを手にしているムヒカ氏に対して、世間は貧しいなどとずいぶん失礼なことを言ったものだ。現代は、お金を持つ人をよしとする価値観で動く社会であるために、「質素」というすばらしい言葉を忘れてしまっていることを考え直したい。ちなみに質素を辞書で引くと、「飾らないこと、素朴なこと、おごらずつつましいこと」とある。なんとも魅力的である。

近年、金融を基にした自由主義経済がとんでもない貧富の差をもたらし、アダム・スミスの言う最低水準に達しない人を生み出しているので、社会のしくみを「貧困」をなくすように変えることは不可欠である。しかし、それと同時に、質素を好むというムヒカ流生き方をよしとする価値観をもつことで、社会を変えていくことが大事だと思う。地球環境、エネルギー、資源、食料などの問題を考えても、質素を楽しむことがその解決につながるはずである。このような考え方を持つ人がふえることによって経済のしくみを変えるという選択の方が解決への近道ではないだろうか。ムヒカ氏ほどの徹底はできないけれど普通の暮らしを好む者として、質素を楽しむ社会になることを望んでいる。

　ムヒカ前大統領来日の報道の隣に、舛添要一東京都知事が海外出張の際にいわゆる〝大名旅行〟をしているという記事があり、ここにこそ驕らぬつつましさがほしいと思った。もちろん、旅の疲れを癒やすにふさわしい部屋にお泊まりになるのは結構だ。しかし、税金を使っていることを考えたら、ファーストクラス、スイートルームという選択は、貧しい気持の表れとしか言えない。アダム・スミスの言う賢い人とは思えない。

　最近の話題では、サッカーのイングランド・プレミアリーグでのレスターの優勝は、質素につながる流れの中にあってうれしい。いつの頃からかスポーツと言えば、若者たちをめぐって法外なお金がとび交う世界となってしまい、あまりよい気持ではなかった。そこで、低予算のクラブが、まさにシンプルな攻守を続ける組織プレーで勝ちを続けたのは久しぶりの爽やかな話題として受け止めた。

　質素を生かす爽やかで痛快な社会になるよう努めたい。気持よく暮らせるに違いない。

豊かさの中の貧困

新しい年も、はや一ヶ月が過ぎた。家族が集まっておせちをいただき、近くの神社に初詣に出かけるいつも通りの年の始まりではあったが、なにか心の重いままに日が過ぎていく感じが拭えない。幸い皆健康にも恵まれ、平穏な日を送っていることをありがたく思いながらなかなか明るい気持になれないのである。

今年の最大の課題は難民であるとされ、それに重ねてテロや貧困の問題がのしかかり、解決の道が見えない。各国のリーダーが「テロとの闘い」と大きな声を出しているのはどこかおかしい。リーダーのやるべき仕事は、テロをなくす、さらにはテロを生まない状況をつくることであって、闘うことではなかろう。貧困も同じである。世界で極度の貧困状態にある人は減少し、これまでで最低の全人口の十パーセント以下になっている。社会として豊かになっているのは事実なのだが、豊かさの中での貧困はより面倒な問題である。米国では、富裕層への極端な富の偏りのさらなる増大への不満が、大統領選に影響しそうだと言われている。

日本も、子ども・若者・高齢者それぞれに貧困が見られる。お正月早々の悲しいスキーバス事故も、事実が明らかになるにつれ、労働現場の厳しさ、余裕のなさが見えてきて、同様な事故発生の危険を感じずにはいられない。

どの問題もそれぞれ解決への努力が必要なのはもちろんである。しかし、その裏には、権力や財力など数値での競争だけを見て、そこにいる人間を見ていないという共通の問題がある。心を働かせていないのである。大事なのは物やお金ではなく心だと言われた時期があったが、そんなことで社会は変わらなかった。物もお金も必要だからである。お金や物と心とを対置させるのでなく、常に心を働かせるのが人間であることに気づくことが大事なのではないだろうか。

生きものの中での人間の特徴の一つに交換能力がある。サルカニ合戦のお話ではサルとカニがおにぎりと柿の種を交換するが、実際には彼らにそのような交換能力はない。自分が欲しいと思う気持と同時に相手が何を求めているかを考え、そこに同じ価値を見て交換できるのは人間だけである。お互いが納得でき、喜び合えるのがよい交換なのである。その場合、交換したモノには渡す側の心がのせてあることが多い。

物物交換の面倒さを超え、お金を考えだしたことで物の動きはスムーズになった。しかし、お金のもつ合理性に惑わされた私たちは、ここでの交換に心を伴わせることを忘れてしまったのである。お金だけが独り歩きをし、私たちがそれに振り回されているのが今の社会である。皆で得た利益を関係者一人一人の顔を思い浮かべ、家族のことまで思う心と共に分配するならば、そこにとんでもない格差は生まれようもない。働く能力や立場による収入の差があることは納得できるが、現状の格差は、心が働かないために生まれているものであり、異常である。ここで言う心は、単なる温情ではない。心を伴う交換の歴史を踏まえたまっとうな分配であり、人間の基本である。株主も本来、企業がよりよくなるための応援という心を伴う存在のはずであり、企業もその応援に応える心を持っているはずである。

他の動物にはない、心を伴う交換があったから豊かな生活を手にすることができたという原点に戻って考えたい。貧困をテーマにお金で考えてきたが、大事なのは、社会の中で心という言葉を特別のものにしないことである。常に心を働かせてこその人間だというあたりまえのことを、社会の基本にしたい。まだ初夢の中にいると言われそうだが、大事なことである。

「一億総活躍」に疑問

保育園に子どもを預けることができず仕事に出られない。「一億総活躍」と言うけれど、これでは活躍の場へ入ることさえできないではないかという母親の声で、保育園不足、待機児童の問題が浮上している。選挙を控えていることもあり、ここでそれなりの対策がなされるだろう。しかし、ほころびが見えると大急ぎで継ぎをあてるやり方は限界で、社会のありようの根本を考える時が来ているのではないだろうか。

そもそも「一億総活躍」という言葉の検討が必要である。前向きに見えるけれど、どこかから聞こえるかけ声に応え、みんなで同じ方向に向かって頑張りましょうという雰囲気を漂わせているのが気になる。社会を支えるのはお金で、動いているお金の額が大きくなることを豊かさとする価値観の時代は終わり、豊かさや幸せとは何かという基本を考えなければならない時代に入っているのは明らかだ。世界でも、登場する役者を代えたところで、いわゆる好景気の継続は無理だと分かってきた。成長を思い描き、皆で自転車のペダルを踏み続けることが総活躍だとすれば、それは本当の豊かさや幸せにはつながらないだろう。

一億と言うなら、一億人がそれぞれの生活を楽しめる状況をつくることこそ大事だ。「総活躍」という言葉でごまかすのでなく、たとえば、一億人の中から貧困をなくすにはどうしたらよいかという問いを立て、それに対する具体策を皆で考えるところから始めてこそ、活躍のしかたが見えてくるはずである。

女性は生活に根ざしていない活躍には意味がないと感じる傾向を持っているように思う。しかし今回の一億総活躍は、これまでの男性主導の働き方の中で女性が活躍することを求めている。流れがそちらに向かうのは危険と思っていたら、あるインタビュー記事に出会った(「考える人」新潮社)。

答えているのは、米国でインターネット新聞「ハフィントンポスト」を創設したアリアナ・ハフィントン氏である。私はこの種の情報媒体に詳しくないのだが、社会的に成功した若い女性として評価されていることは知っていた。彼女はここで、二〇〇七年に睡眠不足と過労で倒れて以来、生き方を大きく変えたと言っている。社会での成功はお金と権力に集約されているが、これは二本脚の椅子のようなもので不安定であり、他の支えが必要と気づいたのだ。そして、ひと息つく時間、深い視点をもつ時間を手に入れるようにし、妥協する人生でなく、生きる価値のある人生を手にするのが成功だと考えるようになったとのことである。具体的には、健康、知恵、不思議、思いやりという新しい価値観を柱にしていると語っている。

たまたま出会った話をとりあげたので華やかな例になったが、男性なら倒れても二本脚での成功者への道を歩み続けただろう。それを考え直した女性の知恵と英断を評価したい。社会から活躍を求められている今を、女性が新しい生き方を提案する好機と捉え、思いきり知恵をはたらかせて無理をして働くための保育所づくりではなく、子どもが本当に幸せに暮らせる社会づくりにつながるシステムを考え、その中での保育のありようを考えるという順番にしたいものである。

「女性が輝く日本」とは

「女性が輝く日本」が話題になっている。もちろん女性の能力を生かす社会は望ましいが、気になるのはこれがアベノミクス成長戦略の一つということである。男性主体でつくりあげてきた成長社会を続けるには労働力不足なので、女性も参加してほしいと、求められているのである。

グローバル社会と言われる金融経済の下、株価の上下が成功度を示す社会は、格差を拡大し、普通の人が普通に生活しにくくなっている。生活の基盤となる食べもの、健康、環境、教育などを総合した暮らしの質の改善には、男性より女性の方が敏感である。それは、家庭をまかされてきたからという面もあるが、それ以上に本来生きものとしての敏感さを持っているからである。サッカーなど「アウェイ」での戦いは厳しい。いわゆるグローバル社会は、日本女性にとっては二重の意味で「アウェイ」である。

まず、短期で成果を求める競争社会は、米国型である。米国は自身の要求で動くので、ある意味合理的、体系的な計画が立てやすい。日本はその中、つまり相手のフィールドでウロウロしている場合が多い。

そのうえ、これまでの男型社会も女性のフィールドではない。米国型、男性型が暮らしやすい社会を約束するのなら、もちろんそこで全力をあげて活躍する。しかし、エネルギーや環境のことを考えても成長が答えでないことは明らかだ。時間に追われ、競争に追われる生活ではなく、自分が納得できる暮らしをしたいと思い始めている人は少なくない（もちろん男性にも）。

このような中、女性の活躍の道は二つある。一つは、米国型、男性型の象徴とも言える政界や官界、そして大企業の中に入りながらも権力に惑わされることなく、そこでの価値観を成熟型に変える努力をすることである。とても難しいが、これこそ女性の役割ではないだろうか。それとともに大事なのは、既存の社会での地位を求めるのではなく、女性が働きやすい場をつくり、女性が重要と思う活動に予算がつくようにすることである。むしろこちらの方が社会を変える力は大きいだろう。

専業主婦という言葉が否定的に使われているが、赤ちゃんの様子を見ながら料理をする、限られた家計の中で家族の将来計画を立てるなど、複数の事柄のバランスをとり家庭という一つの組織を動かす総合能力は、女性ならではのものだ。この能力を生かした地域での活躍は、暮らしやすい社会づくりにつながるはずである。

本来、政治は社会づくりの活動のはずだが、今はそれが権力と金力の場になっている。少なくとも地方政治は、ボランティア活動に近いもののはずである（そうした例は海外に多い）。適切な報酬や活動費はもちろん必要だが、権力・金力を求めての活動は地方政治が本来求めているものではない。もっと日常生活に近いところを支える力が必要とされる。そこで女性の力を生かしたいものである。

実は先日、ある大企業の幹部にこのような思いを語ったところ「私も成長だけを求める短期決戦型の社会をよいとは思っていない。しかし、海外株主がそれを要求するので、これしかできないのだ」という答えが返ってきた。苦労はわかる。でもそれで失われた十年とか二十年という時間がたってしまったのが今だとすればあまりにももったいない。自分たちらしい生き方をつくる時だろう。

真の意味で女性が強くなり、人間の本質を見た自分の考えを持って行動することは、女性だけでなく、人間が生きやすい社会へとつながると信じる。

人間は生きものである

新聞のコラムとして、その時の社会の動きに眼を向けながらも、いつも、「人間は生きものである」という生命誌研究の成果を基本に置いて書いてきた。研究成果などと言ったが、これ以上のあたりまえはないほどのあたりまえのことである。

ところで、生きものであるとはどういうことか。完全な答えはないが、基本は、「生きている」ということだ。これもまたあたりまえのことだが、私たち自身はいつか死ぬ存在であり、「生きている」を続けるには、子孫にそれを託すほかない。自分自身が今生きることを大切にするだけでなく、次の世代、さらにはその次の世代が生きやすいようにすることも必要なのはそのためである。生命現象を研究していると、とにかくどの生きものもいっしょうけんめい「続いていこうとしている」と感じる。人間以外の生きものにも意志があるような言い方は科学にそぐわないと言われそうだが、こうしか言いようがない。

地球上の生きものは、一千万種を超すともいわれ、進化の結果、多様性を手にした。ところで、進化は進歩とは異なる。進歩は一つの価値観をもとに、先進国、開発途上国という言葉に見られるようにすべてを一つの直線上で比較し、優劣をつける。一方進化は、時間に伴うさまざまなありようへの変化を示すだけである。これに合う日本語は「展開」だろう。多様な生きものが相互に関わり合いながらネットワークをつくっているのは、これが「続いていく」ことにとても向いているからである。

進化の歴史の中で、興味深い事柄の一つが陸上進出である。海で誕生し、水なしでは生きられない生きものたちが、水から離れて新しい場へ進出し、新しい生き方を獲得していく過程は、挑戦としか言いようがない。水のないところで干からびない工夫をしながら陸はおろか空までもすみかを広げていったのである。陸で体を支えるのに必要な骨格を外側につくった昆虫は、体を大きくはできなかったが、小さいがゆえにさまざまな場所で暮らすことができ、みごとな多様化を示した。

生きもの全体の七十パーセント近くが昆虫であり、成功者と言える。

一方、海に残った魚たちも水という最も生きやすい環境を生かし、多様で、しかも多くの個体を存在させている。残ったのは決して負け組ではないのである。進歩を求める中で、新しいことがすばらしい、大きいことがよいことだと思い込んできたけれどそこには限界がある。今、続いていくことを求めるなら、進歩ではなくさまざまな生き方が選べる進化の方向へと舵を切るのがよいのではないだろうか。

最後に愛読書ジーン・ウェブスター、遠藤寿子訳『あしながおじさん』（岩波書店）の主人公ジュディの言葉を引用したい。「あたしは、この一秒、一秒をたのしむつもりよ。そうして、たのしんでいる間は、自分が確かにたのしんでいることをはっきり意識してゆくつもりですの。大概の人たちは、ほんとうの生活をしていません。彼らはただ競争しているのです。地平線からはるかに遠くにある目的地（ゴール）へ行き着こうといっしょうけんめいになっているのです。そうして、一気にそこへ行こうとして、息せき切ってあえぐものですから、現に自分たちが歩いているその途中の美しい平和な国も目にはいらないのです。そうしてやっと着いたころには、もうよぼよぼに老いぼれてしまって、へとへとになってしまっているんです。ですから、目的地（ゴール）へ着いても着かなくても、結果に何の違いもありません」

〝よりよく生きる〟には

ＮＰＯ法人「原子力資料情報室」を設立して代表を務められた高木仁三郎さんに「反原発というのは何かに反対したいという要求ではなく、よりよく生きたいという意欲と希望の表現である」という言葉がある。化学を学び、原子力の専門家として社会生活を始めた高木さんは、人間として科学技術のありようを考えた時、原子力は人間のコントロールの外にあるという結論を出し、発信を続けた人である。

高木さんの数ある著書はどれも深い思索から生まれているが、その中で私がくり返し読んでいるのが『いま自然をどうみるか』（白水社）である。「よりよく生きる」ことを考える時、自然との関わりが重要であるとして、ギリシア以来の人間の自然の見方を整理し、今それをどう見るかを提示している。「単純に自然の全体の中に人間を埋没させるのでなく、人間の精神を広大なる自然へ向かって解放するかたちで人間を相対化する」というのが高木さんの得た答えである。ここまで考えてこれからの生き方を探っているのであって、原子力にも単に反対をしているのではないのである。

原発だけではなく基地の問題もある。八月十四日付の「本音のコラム」(東京新聞)で佐藤優氏が猪瀬直樹氏の「沖縄の人が抱えているリスクという意味では、普天間基地でも辺野古でも同じ。僕ら本土の人間は辺野古がセカンドベストだと思っているけれど、沖縄の人たちにしてみれば、生存に関する問題で等価になっている」という言葉を引用し、この認識は正しいとしている。生存はただ生きることではなく「よりよく生きる」ことである。「ぬちどう(命こそ)宝」という言葉を持つ沖縄の人が体験の中で得た答えが辺野古も同じリスクということなのである。

戦争についても同じである。他国を武力で守る集団的自衛権の行使容認という安保法案は、政府がどれほど説明しようとも戦争への道であり、今なぜその選択をしなければならないのかわからない。国の役割は国民一人一人が「よりよく生きる」ことを支えることであり、それが国民を守るという言葉の具体的内容である。今朝もラジオから、通勤でいつも利用している私鉄電車が人身事故で不通になっているというニュースが流れてきた。東京ではこのような事故が日常になっており、亡くなった方のことを思う前にまた遅れるのは困ったものと舌打ちしてしまう自分が恐ろしい。どんな事情があるにしても命を絶ってはいけないが、生きにくい世の中になっていることも確かだ。残念ながら皆がよりよく生きようとする意欲をそぐ社会なのである。一人の生命が失われることの意味を考えず遅刻を心配する身勝手を反省しながら高木さんのように基本から考える必要を実感している。そして、一人のいのちの大切さを思う政治を求めていくことも大事だと考えている。

戦争はまさに一人一人が生きることの大切さを否定する行為である。人間は身勝手で、本来最も重要である寛容の気持を失いがちであり、これまでの歴史はまさに戦争の歴史であった。しかし、だからといって戦争をする国が普通の国と考える必要はない。〝グローバル社会〟では世界中の人がつながっている。そこでは〝よりよく生きる〟を共に求める仲間は、世界中すべての人ということにならざるを得ない。なんとしてでも、皆がよりよく生きる社会を探し出す努力が必要である。どんなに難しくとも、自由と平和の中で寛容の精神を持つ人々が生きる社会を求める他に、人類のこれからはないと考える時ではないだろうか。平和憲法を持つ日本はその活動の先頭を行く可能性を持っている。

本当の「グローバル」

国民投票の結果による、英国の欧州連合（EU）離脱という結論には、その後の経済の動きなどから批判の声が高い。しかし、一人の人間として普通に暮らしたいのに、自分ではどうしようもない力が社会を別の方向へ動かしていることへのいら立ちが、この結果につながったのだろうとも思うのである。日本に暮らす一生活者としても、日々そのような気持になることが多いからである。

離脱が決まった途端に株のパニック売りが起き、それによる株価の急激な下落と為替の変動があった事実が、生活者の不安を浮き彫りにする。私は経済には不案内だが、国民投票をした人たちの生活への思いなどとは無関係のところで、誰かが自分だけのために大きなお金を動かしているのだろう、くらいのことは予測できる。こうして私たち生活者すべてを不安におとしいれるこのシステムには疑問が湧く。

皆が普通に暮らせる社会でありたい。主役は人間なのだ。一人一人の生活の側から積み上げて、皆が生き生き暮らすにはどうすればよいかを判断することでしかこれからの社会のありようを示す答えは出ないはずだ。ところが、グローバル化した金融資本主義社会は、お金と権力をもつ一握りの人たちの思惑で事が動く。その結果、貧富の差は拡大する一方で、それは生活者の願いとは逆の方向である。いっしょうけんめい働いてよい製品をつくり、その売り上げでお給料が上がるのではなく、為替によって企業利益が大きく変わる。しかもその利益の大半は株主のところへゆくというのだから、そんな中で仕事にどんな生きがいを探せばよいのだろう。

人間からの出発という素朴な立場で社会を考えている者としては、「グローバル」と呼ばれる近代文明、金融資本主義への対応が生きることだという社会を変えたいと強く思う。地球を意識し、すべての人が祖先を一つにする仲間だと知って暮らすという意味での「グローバル」は、まさに二十一世紀のものだ。しかし、生活を人間のサイズで考え、行動しなければ「本当に生きる」ことにはならない。鷲田清一氏による「社会の適正サイズ」という提案と重なるのだが、経済のありようも適正サイズであって欲しい。

生物学を基本に広い視野から人間の歴史を考えているジャレド・ダイアモンドは、ヤリという魅力的なニューギニア人の「なぜ白人はたくさんのものを発達させてニューギニアに持ち込んだのに、私たちには他へ持ち込むものがないのか」という問いに答えようとして、文明について考えた。文明を持つ者が優れているとされ、科学技術と金融資本主義で利便性と富を手にした国が先進国となったのがこれまでの歴史である。しかし、今やそれが「人間の普通の生活」を脅かすのなら、そこは見直さなければならない。何が優れているのかと問う必要がある。

ダイアモンドは、文明の崩壊についても考えた。極端な例だが、イースター島が興味深い。六世紀に豊かな森のあるこの島に入ったポリネシア人は、みごとな知識と技術で有名な石像「モアイ」をつくる。しかしそのために森を壊し、食糧も得られない状況になり、ついに社会は崩壊した。ここで注目したいのが、生存の限界に達した時も、彼らがモアイの製作をやめなかったことである。人間の性を見せられているようで恐ろしい。これからを生きる若い人、子どものことを考えたら、今は私たちのモアイづくり――つまり戦争や過度な競争をしている時ではない。皆が普通に暮らす社会への道を求めて、私は選挙に行くつもりである。

「平和への祈り」

わからない……軍事への傾倒

なぜこんなに軍事の方向に動きたいのだろう。政府開発援助（ＯＤＡ）大綱を「開発協力大綱」とし、これまで対象外であった他国軍支援を一部容認することが閣議決定されたと知り、その内容を読んでの率直な感想だ。

ＯＤＡという活動が始まって六十一年。つまりこの活動は、太平洋戦争の敗戦からほぼ十年後からずっと続いている。そのころに大学生になった者の実感として、当時の生活は決して豊かと言える状況ではなかった。その中で、戦後賠償の一環として始まったＯＤＡが徐々に国際貢献の重要な柱となっていったのである。これは、私たちが平和の中で豊かさを求め、明るい未来を描いていたからこそ可能になったことである。経済が成長し、テレビや自動車が生活に入り込むのとともにこの活動は大きくなり、世界一にまでなった。

もっともこの活動に問題がなかったわけではない。一九八〇年代に東南アジア諸国連合（ＡＳＥＡＮ）各国でのＯＤＡ活動の視察に加わった時、建設後数年というガラス張りで空調つきの大きな体育館がまったく使われていないという事例に出会った。その隣に以前からあった建物は、廊下を風が通り抜ける構造になっていた。そこの気候・伝統・経済を考慮してこその援助と考えさせられた。また、日本が建てた図書館の中の図書がすべて英国の寄付だったので、利用者たちが「英国のおかげで」すばらしい本が読めると感謝しているのを聞き、ハード一辺倒の援助は相手とつながらないことを実感した。援助が環境破壊を起こしたり軍事政権を支えることになったりする例もあり、国内外からの批判も聞こえてきた。

それらを考えると、九二年の「ODA大綱」で出された人道的考慮、相互依存、環境の保全、自助努力という指針は、相手国にも日本にも望ましい方向を出しており、すばらしいものである。それなのに、ここになぜ軍の支援を入れるのか、その意味がわからない。

実は、ODAに次いで五十年前には青年海外協力隊が始まっている。個人的にはこの活動の方が好きだ。最初はラオスに五人の若者を派遣したことに始まり、これまでに九十六ヶ国で四万人以上が活躍してきた。最近は非政府組織（NGO）、企業、大学などもこのような活動に取り組むようになり、定年になったシニアが経験や技術を生かして活躍する例も増えている。

学校の先生、女性の手芸品づくりを応援しながら進める商品開発、スポーツの指導、農業の技術指導などなどさまざまな場面で笑顔で活動している日本人の向こうには必ず現地の人の笑顔がある。日常にとけ込み、ていねいに対応し、援助というより、ともによくなろうという姿勢ではたらいている日本人への信頼が見えてうれしい。

このような活動を見ていると、首相が訪問国のリーダーに数億円という金額を渡すより、この一つ一つの活動に百万円ずつの応援をした方が日本の存在感を増し、人々の自立を促すことになるだろうと思うのである。大切なのは人の心のつながりであり、それを応援する時、お金は生きるからである。もちろんこのような活動に軍事は関係ない。

敗戦から七十年たつ中で、ＯＤＡ六十一年、海外協力隊五十年という歴史は、平和を基本に進められてきた。ここでの平和は、単に戦争がないというだけでなく、貧困や差別など構造的暴力がないことも含むと定義される「積極的平和」である。日本だけでなく世界が平和であることを求めて行われたこれらの活動は、日本が憲法で明確に平和をうたっている中でこそ可能になったことである。積極的平和は今、これまで以上に求められている。あらためて言うが、これは軍事とはまったく関係ない。なぜこのような誇れる歴史をもった活動を軍事に傾けるのか。そこにどんな利点があるのか。どうしてもわからない。

外からの眼で日本を見直す

ドナルド・キーンさんとロナルド・ドーアさん。お二人とも長い間親日家として、日本のことを時に私たち日本人以上によく見聞きしたうえで、外からの眼で日本を語る方である。その言葉は、専門を踏まえながらも親しみやすく、「さん」とお呼びしたくなる。

キーンさんは、一九二二年のアメリカ生まれ、源氏物語との出会いから日本語を学び、日本文学と文化の研究者になった。太平洋戦争中は海軍で通訳を務め、戦後研究に戻る。一九五三年京都大大学院に留学、下宿で当時助教授だった永井道雄と知り合い、「日本の将来」を語る永井に刺激され、現代日本への関心が生まれたとのことだ。

ドーアさんは、一九二五年イギリス生まれの社会学者、やはり戦時中に日本語を学び、一九五〇年に江戸期の教育の研究のために東京大に留学した。三木内閣の文部大臣となった永井道雄が自ら企画した「日本文化審議会」にキーン、ドーアのお二人の参加を求め、頼りにしていたと聞く。

ところで今このお二人は、一見異なる道を歩いているように見える。キーンさんは東日本大震災をきっかけに日本国籍を取得した。一方、ドーアさんは、近著（『幻滅——外国人社会学者が見た戦後日本七〇年』藤原書店）で嫌日家になったと書いている。しかし、ドーアさんは、今も日本人の友達はたくさんあり、日本を喜んで訪れると言う。「毎日の生活で、地下鉄、デパートの従業員、道角で花を売っているお婆ちゃん、居酒屋やすし屋のマスター、タクシーの運ちゃんなどとの日常の人間的な接触など、日本は依然として住み心地がいい国である」と『幻滅』の序にある。キーンさんは本紙の「東京下町日記」で地方を訪れた時の自然や人々の魅力を描き出し、東日本大震災後の東北の人たちのすばらしさが日本人になることを決心させたと言う。普通の日本人への高い評価は二人に共通しているのである。

ただ、ドーアさんは「最近、日本政府ばかりでなく、体制派というような官僚、メディア、実業家、学者などエリート層の人たちにも、ほとんど違和感しか感じないようになった」とはっきり言う。気にかけるのはまず、米国のビジネス・スクールや経済学大学院で教育された人が新自由主義的アメリカのモデルに沿うべく「構造改革」というスローガンで日本を作りかえようとしたことである。シビリアン・コントロールの希薄化と軍国主義化の傾向も見られ、これでは「嫌」にならざるを得ないというわけだ。日本人の一人としての私もまったく同じ気持であり、この「嫌」にこめられた複雑な気持がよくわかる。

実は、キーンさんも「私の日本への愛、日本人への尊敬の念は何一つ変わっていない。

ただ、確かに失望していることはある」と書く。そして不戦を誓う憲法九条は世界が見習うべき精神であり、解釈改憲で「理想の国」から「普通の国」になろうとしていることに疑問を呈している。東北の被災地再建の遅れや特定秘密保護法も気になると書いている。

つまり二人は、基本的に日本人はすばらしいと思いながら、今の日本のリーダーたちの言動に疑問を抱いているのである。前述したように私も同じ気持だが日本人であるためにその気持を整理するのが難しい。自分への反省もあって全体が見えにくいし、嫌日は解決にならないからだ。今後の日本を考えるにあたり、太平洋戦争後の日本をよく見てきた外国の人の眼を生かすことには大きな意味があると思う。

日本の誇り崩すリーダーたち

日本列島の美しい自然が好きで、その中で育まれた文化を持つ日本人であることに誇りを持ってきた。ここで「持ってきた」と過去形にしたのは、最近の政治や経済の場でのリーダーたちの動きが、これまで大切にしてきた日本人の誇りを崩すものになってきていると思えるからである。日本はこんな国ではないはずだ。次の世代へこのような社会を渡すために生きてきたのではないという気持が湧いてくる。

国をつくっているのは私たち生活者であり、皆がそれぞれの持ち場で生き生き暮らすことが国力を高めていくのである。明治初頭に日本を訪れた外国人が、その民度の高さに驚いた様子が、渡辺京二『逝きし世の面影』（平凡社ライブラリー）にみごとに描き出されている。「もっとも印象的なのは（中略）男も女も子どもも、みんな幸せで満足そうに見えるということだった」「金持は高ぶらず、貧乏人は卑下しない」「貧乏人は存在するが、貧困なるものは存在しない」などという感想を読むと、昭和という時代の私の体験にも重なる。社会のどこにも問題がないなどということがあるはずはないが、そこに暮らす人々の気持は豊かと言えたのである。東日本大震災後の、被災地の人々の行動に対して、世界各国からの評価が高かったことも思い出す。震災後に世界中を駆けめぐったメールに「日本から学ぶ十のこと」として「平静、威厳、能力、品格、秩序、犠牲、優しさ、訓練、報道、良心」があげられていたことは忘れられない。一つ一つの文字を見て自分も日本人だと思うと面はゆいが、あの時東北の人々からここにあげられた言葉そのままの印象を受けたことは確かである。

生きて行くのは楽ではない。しかし一人一人が自信を持ち、お互いを尊敬し合って問題を解決していく力を私たちは持っている。政治家も経営者も日本人の一人として誇りを持って役割を果たしていただきたいと強く思う。リーダーは、独裁者でない限り、社会のさまざまな能力を持つ人を尊敬し、その力を生かすのが役割のはずである。

労働者派遣法、新国立競技場建設、安全保障関連法案と続く政策決定の経緯を見ると、私たち日本人の中に積み重ね、誇りにしてきた生き方を踏みにじられているようで悲しい。生活の中心は、はたらくことである。家事も含めて、職場は、仲間とともに社会の一員として仕事をする日々に、生きがいを感じるところであってこそ意味がある。金融経済に人間が振り回される社会は、日本人のはたらき方に合わない。

新国立競技場もそうだ。昨年このコラムで「緑と文化を壊すのを止めて、多くの建築家から提案された現存の競技場の改修を」と書いた。ところが最近になって高さ十五メートルの規制のある場に七十メートルの壁を建てるという都条例違反（後に規制の緩和という暴挙）をしてまで新しい建物を建てようとする動きになっており驚いている。破格の建設費の問題だけでも、東日本大震災からの復興を謳うオリンピックにそぐわない。残念ながら神宮の森にあるすばらしい競技場は壊されてしまったが、駒沢（東京都世田谷区）の総合運動場を改修するという道はまだある。

安全保障については、これまでにも書いてきた。これも憲法研究者、元内閣法制局長官、弁護士など多くの人の「憲法違反」との指摘を無視している。第二次大戦後、私たちはもう世界規模での戦争はできないという、人類史上初めての状況の中にいることは誰にもわかっている。だから国連や日本国憲法第九条があるのだ。事実この七十年間、国家間の戦争はない。紛争やテロに対しては、その原因を絶つことに粉骨砕身すべきで、争いに参加するのが為政者の仕事ではない。今こそ日本人の特性を生かす時なのにと思う。自然・人間を大切にする日本人としての誇りを基に世界に貢献したいのである。

リーダーに不可欠なもの

最近の社会の動きを見ていて気になる一つが、リーダーシップということである。グローバル時代になり、世界各国のリーダーたちの行動が日常と関わるようになり、リーダーと言っても必ずしも高い倫理観を持っているとは言えないと感じることが少なくない。その中で、日本は平和で世界に貢献するという基本姿勢で存在感を示してきた国であり、リーダーはそれを基本に行動する人であることを求めたい。もちろん、日本だけが平和でありさえすればよいはずはなく、国家間の戦争はもちろん地域紛争もなく、貧困や差別のない世界をつくる積極的平和を求めてのことである。

ところで今、この状況を変えて、普通の国と称し、戦争への道をつくろうとする動きが活発になっている。太平洋戦争後七十年、世界情勢が変わる中で国のありようの変化を考えることは必要だろう。しかし、そこでは単に諸外国の動きに対応するのではなく、これまで以上に平和な社会づくりへ向けての努力をするという姿勢が重要である。そしてそこでのリーダーには、良質なリーダーシップが不可欠である。

ここで、古典に学びながらリーダーシップとは何かを考え続けている米国アスペン研究所理事W・アイザックソンの講演を思い出した。演題は「謙虚さが世界を救う」であり、アメリカ合衆国建国の父の一人ベンジャミン・フランクリンについてのエピソードが話の骨格をなしている。

フランクリンは、若い頃から社会での成功を強く願っており、そのために必要と考える十二項目の価値リストを作った。そこであげられたのが節制、沈黙、規律、決断、節約、勤勉、誠実、正義、中庸、清潔、平静、純潔である。

私など見ただけでこれは大変だと考え込むような内容だが、彼は毎週自己点検をし、ついにはこれを身につけたと自分で思えるところに到達したのだそうだ。そこで友人にこのリストを見せたところ、これには大事なことが一つ抜けていると言われた。それが「謙虚」である。

後にフランクリンは、謙虚さを身につけるのは難しいが、それを装うことはできるようになったと言っている。具体的には、他人の言葉に耳を傾け、他人に心配りをし、そこから自分の価値観との共通点を見いだす努力ができるようにはなったというのである。装うとはなんとも正直な話だが、ここにあげられたことができれば十分ではないだろうか。

ここで言う謙虚さとは、通常考えられがちな、相手に不快感を与えないように心を砕くということではなく、相互理解、知識の共有への努力をする態度なのである。アイザックソンは、冷戦が終わり、自田が勝った二十世紀末期以来、力を得た米国のリーダーが、謙虚さを持つことなく力で支配しようとし始めたので、それを戒めたという体験を話した。自由が勝つには、寛容に裏打ちされた謙虚さの維持が不可欠だと諭したのだそうだ（あまり聞き入れられたふうはないと思わざるを得ないが）。

米国の知識人が、リーダーに不可欠なものを一つあげるとしたら謙虚であると考えていることに、ちょっと驚きながらも共感し、日本のリーダーにも謙虚さを持っていただきたいと思った。首相をはじめとする多くのリーダーに、他人の言葉に耳を傾け、自分の考えを検討する態度がまったく見られなくなっていることが、とても気になっているからである。政治の場での本格的な議論も見られない。一方的にそして声高に自分の信念を語る人に、自由と民主主義にはリーダーの寛容と謙虚さが不可欠だという認識はあるのだろうか。

寛容に裏打ちされた謙虚さのない人はリーダーになってはいけないのである。私たちはそのような人をリーダーにしてはいけないのである。

「戦後七十年」が問うもの

めったに夢を見ないのだが、今年は珍しく初夢を見た。米国やヨーロッパ各国をはじめとして世界中の憲法に「正義と秩序を基調とする国際平和を誠実に希求し、国権の発動たる戦争と、武力による威嚇又は武力の行使は、国際紛争を解決する手段としては永久にこれを放棄する」という条項が入れられたというのである。正夢であることを願っている。

一九四五年に第二次大戦が終結してから七十年の今年、さまざまなメディアで「七十周年」にあたって「第二次大戦の歴史的意味」を問うことの大切さが指摘されている。それは戦争とは何かという本質的な問いへと広がり、今とこれからの生き方を考えることにつながるものである。

一九四五年八月十五日の日本の敗戦の時には満九歳。空襲で家を焼かれたとか、食べものがなくひもじい思いをしたという子どもの体験にすぎないとしても、戦争を実感した世代として「七十周年」を真剣に考えたいと思う。日本にとっての一九四五年はまず、ポツダム宣言の受諾とそれに続く憲法の起案、その翌年十一月三日の「日本国憲法」公布である。「国民主権」「基本的人権の尊重」「平和主義」という、それまでとまったく違う言葉が先生の口から出て、その本質の理解まではいかなくとも、もう戦争はないんだ、それぞれが生き生きと暮らせる世の中になるんだとうれしかったことを思い出す。

この憲法制定は、占領下連合国軍の監督の下で草案が作られたという経緯が問題にされる。それは確かだが、大事なことはその時代の意識ではないだろうか。第二次大戦は、都市への無差別攻撃で非戦闘員が大量に殺されるという、それまでの戦争にはない大きな問題を提起した。しかもそこで原子爆弾が使用されたのだから、戦争での勝敗を超えて人間として考えるべき課題がつきつけられたのである。

ここで、誰もがもう戦争はできないと実感したのではないだろうか。そこで生まれたのが戦争放棄をうたった日本国憲法だったのである。戦勝国が敗戦国から武力を奪うという単純な話ではなく、もう戦争はできないという気持がこめられた文言がここには並んでいる。

その一つの現れとして、この年の「国際連合」の設立がある。その活動目的は、国際平和の維持と経済や社会での国際協力である。日本はこの時点では加盟を許されず、一九五六年になって加盟できた時には、自立した国として認められたことに感激したことを思い出す。この平和維持機関が七十年続き、加盟国が百九十三ヶ国にもなっているという事実は、評価しなければいけない。現実の国連の活動には物足りなさがあっても、各国の思惑の中での国際機関の運営が理想で動けるものではないことを理解しながら、本質は忘れてはいけないと思うのである。

残念なことに、内戦やテロなどの武力行為は、なくなるどころか過激化している。そこに普通に暮らしている人々が巻き込まれ、無人飛行機から子どもたちの上に爆弾が落とされたと報道されるのだからやりきれない。しかし、このような形での社会の不安が増しているからといって、武力の方向へ動くのは間違っている。

今、国際社会の基本は平和維持である。国連を大切にし、できることならすべての国が戦争放棄を憲法に入れる方向へ動きたい。日本国憲法の前文には、「日本国民は、（中略）平和を愛する諸国民の公正と信義に信頼して、われらの安全と生存を保持しようと決意した」とある。公正と信義への信頼など、なんと甘っちょろいという声は聞こえてくる。それでもなお、ここは踏ん張りたい。

内戦やテロがなぜ起きるのかを考え、明らかにその原因の一つである格差をなくす社会を目指して日本が積極的に動くなら、これこそ積極的平和主義である。

パグウォッシュ会議

今月一日から五日まで、長崎で第六十一回パグウォッシュ会議世界大会が開催された。第一回が一九五七年にカナダのパグウォッシュで開かれたのでこう呼ばれるが、正式には頭に「科学と世界の諸問題に関する」がつき、独特の性格をもっている。科学者を中心とした核兵器廃絶、戦争廃止を訴える重要な会議だ。

広島では世界大会が二回開かれているが、長崎では初めてというこの会議、今その重要性が増している。そこで、成立の経緯を含め、その歴史を振り返りながら、今重視しなければならないことを考えたい。

科学者中心の会議と書いたが、呼びかけをしたのは哲学者のバートランド・ラッセル卿である。一九五四年、米国のビキニでの水爆実験、ソ連(当時)の水爆開発が行われる中、ラッセル卿はクリスマスにBBC放送で「人類の危機」を訴えた。人類の前には幸福・知識・知恵の進歩があるのに、争いを忘れることができないことの愚を指摘し、「私は一人の人間として人間に向かって訴える。人間性を思い出しなさい。それ以外を忘れなさい」と。この言葉への反響の大きさを知ったラッセル卿は、政治的立場を超えた世界中の科学者の共同声明を出そうと考え、アインシュタインに手紙を送った。

アインシュタインは第二次世界大戦中に、弟子のシラードに勧められて、ルーズベルト大統領宛ての原爆開発を勧告する手紙に署名したことを後悔していた。そこでもちろん、ラッセルの提案に同意し署名を承諾したが、この時病の床にあり、ラッセルの書いた宣言の公表時（一九五五年七月九日）には亡くなっている。ラッセル・アインシュタイン宣言として知られるこの訴えが、アインシュタイン最後の仕事になったのである。

この時の十一人の署名者の中には、F・ジョリオキュリー、L・ポーリングなどと並んで湯川秀樹の名がある。湯川博士は、この運動に熱心で、晩年がんに侵された身で核廃絶を訴えておられた姿を思い出す。また第一回の会議の後、朝永振一郎博士の提案で日本の物理学者の中での勉強会が始まり、日本パグウォッシュ会議が誕生した。坂田昌一博士も活発な活動をなさり、その弟子である益川敏英博士が被爆七十年の長崎での会議に参加し、先生の遺志を継ぐと話されていた。もっとも四十ヶ国から二百人近い科学者、政府高官が集まったその席で、米ロの高官は相変わらずの核抑止論を展開したという現実も見なければならない。

六十一回の歴史をもつこの活動について簡単な流れしか書けなかったが、ここには社会の一員としての科学者のありようを考えさせる課題が具体的な形で出ている。パグウォッシュ会議が扱う課題は核であり、参加者も物理学者が主体であるが、今や化学はもちろん生命科学、エレクトロニクスなどあらゆる分野が同じように、人間性を思い出さなければならない問題を抱えている。しかも問題は戦争だけではない。エネルギー、食べものなどの日常でもラッセル卿の言う「人類の危機」を意識してこれからを考えなければならないのは明らかである。

ラッセル卿が、皆で考えることの重要性を意識したのは、一九一四年にロンドンで第一次世界大戦の宣戦布告に歓喜する群衆を見て、戦争は皆が始めるものなのだと知った時だという。未来を決めるのは私たち一人一人なのだということと、そこでよい方向を示すのが本当の識者の役割であることとを教えられるエピソードであり、科学の世界に身を置く者として、このメッセージを真剣に受け止めなければいけないと改めて身の引き締まる思いである。

武力を捨て庭園をつくる

東アジアの国際情勢を巡って不安を煽り、立憲という国の基本を侵してまで武力への道を歩むのが賢いことだろうか。最近の改革の動きを見ていると疑問が湧いてくる。この中で韓国の造形作家・崔在銀氏と、日本の建築家・坂茂氏の提案「朝鮮半島の非武装地域にかける庭園」を紹介したい。これこそ本当の賢さと高く評価できるプロジェクトである。

崔さんが二〇〇〇年、「境界」をテーマにした映画「On The Way」の製作に協力した時のことを思い出す。一九八九年にベルリンの壁崩壊に大喜びしていた私に彼女は、「一つの国の中に境界はまだある」と語った。それもなくさなければならないというメッセージである。つまりこの映画で扱った「境界」は、ベルリンの壁と朝鮮半島を二分する三十八度線である。今回の提案はここからつながるものであり、韓国の政府機関で南北統一などを担当する統一部（統一省）に提出され、韓国メディアで報道された。

一九八九年、ベルリンの壁が崩壊した時のことは忘れられない。歓声をあげながらチェックポイントを通る東ドイツの人々、ブランデンブルク門近くの壁に登る東西ベルリン市民、ハンマーやつるはしで壁を壊す人……一連の映像は一つの時代の終わりを示していた。テレビで観て、人々の笑顔のすばらしさに心動かされ、これからは一人一人が自分の生活を楽しめるよい社会になると期待した（今、この時思い描いた世界とはまったく違う状況になっているのが残念だ）。

これで、一つの国の中に越えられない境界があるのは朝鮮半島だけになった。この時崔さんは、歴史は終わっていない、道半ばであると強く感じたという。そしてその気持を「On The Way」という映画にこめたのである。韓国の少女が板門店の三十八度線の南側に立ち、私の詩を北に向かって読んでくれた。詩は

生きものの境界線はいつも開いています
人間も生きものです
草原の中の生きものと共に思いました
地球上の閉じた境界はいつか開くと

で終わる。生きものにとって自己を明確に示す境界は重要だが、それは開いている。この時もアリが板門店で境界を示す高さ数センチのコンクリートの壁を越えて歩いていた。

そして今三十八度線をまたいで「空中庭園」を実現しようと崔、坂両氏が考えているのである。場所は半島中央部にある江原道鐵原郡。三十八度線の南北二キロ、計四キロの幅で半島を分断する非武装地帯に空中庭園をつくり南北の人はもちろん世界中の人が自由に歩けるようにする計画である。朝鮮戦争が始まった一九五〇年以来、六十二年もの間誰も足を踏み入れていないこの地域は、皮肉なことに地球上で最も美しい自然を誇る場となっている。東西百五十五マイル（約二百五十キロ）続く地域に生存する生物は六千種、そのうち絶滅危惧種が百六種もある。世界にとって大事な生態系である。

一方、ここには無数の地雷が埋まっている。しかも小さなプラスチック製なので、探知機にかからないうえ移動もしており、場所はわからない。つまり、空中に橋をかけるのは、人間が入りこんで良質な自然を壊さないためと地雷を踏まないためなのである。人間から自然を守り、地雷から人間を守るという、これまたなんとも皮肉な話である。

設計図を見ると、自然に生えた竹が支える橋が地上三〜六メートルの高さで十二キロ続き、一キロごとに庭園、三十八度線には高さ二十メートルのこれも竹製の風の塔がある。すべて自然素材でできており、脇には川が流れている。崔氏も坂氏もこれまで竹を示した建築物を造ってきており、強度その他は自信があると語る。橋の南北両側に絶滅危惧種の「シード・バンク」と「生態系資料室」が設けられ、この建物については南北の作家の共同作業が計画されている。

戦争が生んだ最も政治的な場所をすばらしい生態系という最も非政治的な場として認識し、国連など国際機関を通して世界の人々の協力を求めるという逆転の発想がすばらしい。芸術家だからこそこのような形で動けるのであり、だから自分たちは動くのだという言葉が心に響く。映画の制作からのつながりもあり、生態系について考える時、生命誌の考え方を生かしたいという崔さんの願いで、もちろん喜んで協力をしている。武力への道が現実的であり、空中庭園は夢と決めつけるのは間違っている。私たちの意志で、武力を捨て美しい庭園をつくることは可能なはずである。そしてその方がよりよい未来へとつながる行為であると信じる。

言葉の重みを考える

新しい年が明けた。幸い好天に恵まれ、柔らかい日差しに誘われて近くの神社に初詣に出かけた。家族連れが次々とやってきて、社の前で静かに頭を下げている様子に和やかな気持になり、私の暮らす国にこのような落ち着いた日常があることをありがたく思う。

とはいえ、この日常を取り巻く世界は決して落ち着いてはおらず、豊かさも歪んだものであることは、日々のニュースが伝えている通りである。この一年、今ここにある日常につながる和やかな世界でありますようにと手を合わせながら、そのようにするためには自分の暮らしを世界につながるものと考え、行動していかなければならないと思った。もちろん一人一人の力は小さく、急に世界を変えられるものではないことは、わかっているが、ここで諦めてはいけない。

考えるべきことは数多いが、まず「言葉」を取り上げたい。口先だけでは何事も動かないことも確かだが、一方、言葉は人間に与えられたすばらしい能力であり、すべての基本である。これを大事にしない社会には問題がある。昨年末の流行語大賞に美しくない言葉、人を傷つけかねない言葉が並んでいたことが、言葉の大切さを思ったきっかけの一つである。

その思いをさらに強くしたのが、ハワイ真珠湾にあるアリゾナ記念館での安倍晋三首相の演説である。「寛容」や「和解の力」など、魅力的な言葉がちりばめられたが、基本は次の文である。「戦争の惨禍は、二度と繰り返してはならない。私たちはそう誓いました。そして戦後、自由で民主的な国を創りあげ、法の支配を重んじ、ひたすら不戦の誓いを貫いてまいりました。戦後七十年間に及ぶ平和国家としての歩みに私たち日本人は、静かな誇りを感じながら、この不動の方針を、これからも貫いてまいります」

ここで言う戦争の惨禍は、日本だけのものではなく、とくにアジアの国々を考えなければならないという問題はあるにしても、「二度と繰り返してはならない」、「ひたすら不戦の誓いを貫いて参りました」、「この不動の方針を、これからも貫いてまいります」という世界に向けての宣言には責任がある。

「平和」でなく「不戦」であることに注目したい。安倍政権は、安全保障関連法の制定など「戦後七十年間に及ぶ平和国家としての歩み」を変える方向を取り、この七十年間の私たちの誇りを支えてきた憲法をも変えようとしている。そこで用いるのが「積極的平和」

という言葉であり、この言葉は「現状を見ると武力によってしか平和を保てない」という意味をもつのだそうだ。平和という言葉はそのように用いられてしまう危険があるが、「不戦」はどう語ろうと「不戦」である。武力を登場させようがない。

今年はここから出発できる。日本国憲法は、基本的人権、戦争放棄（平和主義）、国民主権（民主主義）の三つを基本に成り立っている。基本的人権の中でも最重要項目の一つが表現の自由であり、この三つの基本を結ぶものは言葉であると、詩人の長谷川櫂氏が指摘している。日本の民主主義の現状は言葉を尊重しているとは思えない。国会での議論は自分の主張をするだけで、相手の意見を聞き、できるだけそれを取り入れてよりよい考え方を生み出し、政策を組み立てていくものになっていない。言葉の力を生かして議論を意義あるものにする努力が見られない。不戦の実現には、言葉が持つ素晴らしい力を生かして話し合いを続けていくしか方法はない。日常の中で、それぞれの職場で、話し合いを大切にしていこう。相手の言葉に耳を傾けよう。初詣の場で改めて思ったのである。

カントが語る「永遠平和」

夏休みの季節だ。猛暑の続く夏、働きすぎはいけない。海や山に出かけたり、リオデジャネイロでのオリンピックを観戦したりとそれぞれ楽しい計画をお持ちのことと思う。その中で、時には読書はいかがだろう。あまり厚いものは暑苦しいので百ページほどの小さな本をお勧めしたい。イマヌエル・カント『永遠平和のために』（集英社）である。

考えることは嫌いではないのだがどうも難しい言葉が苦手なので、哲学書に親しんでいるとは言えない。科学を専門とする以上、理性について考えることは大事と思ってカントの『純粋理性批判』を開いたのだが、読み切れなかった。以来カントという名前は頭の中で難しい哲学者というところに分類され、近づかずにきた。おそらく私と同じ思いの方は少なくないだろう。

「でもこの本はちょっと違うのです。ちょっと開いてみてください」。それが今回のお勧めである。最初の数ページに藤原新也らの写真入りで、大事な言葉があげられている。訳者（池内紀）がわかりやすい言葉にしてくださっているのがありがたい。

「平和というのは、すべての敵意が終わった状態をさしている」「殺したり、殺されたりするための用に人をあてるのは、人間を単なる機械あるいは道具として他人（国家）の手にゆだねることであって、人格にもとづく人間性の権利と一致しない」「永遠平和は空虚な理念ではなく、われわれに課せられた使命である」

どの言葉も直接胸にぶつかってくる。そこに「隣り合った人々が平和に暮らしているのは、人間にとってじつは『自然な状態』ではない。戦争状態、つまり敵意がむき出しというのではないが、いつも敵意で脅かされているのが『自然な状態』である。だからこそ平和状態を根付かせなくてはならない」と出てくる。だからこそ、だからこそなのである。

本書が書かれたのは一七九五年、つまり二百二十年も前である。カントはこの時七十一歳。長い間人間について考え続けてきた哲学者が最後にやむにやまれず語ったのが「平和」であったことの意味を考えたい。

時代も国も異なるので、具体的な事柄には古くなっている部分があるし、カントの言葉だからといってすべてうのみにするものでもない。「永遠平和」と言い切る思いを大切にしながら今の社会を自分の言葉で考えてみることが大事である。そして、平和など絵空事、現実は武力での問題解決しかないとしたり顔で言い、また振る舞う愚かさにだけは陥らないようにしたい。

訳者は解説する。カントの生きた時代、ヨーロッパは戦争続きで、そんな世の中に業を煮やしたのだろうが、それだけではない。純粋理性、実践理性、判断力について哲学的考察を続けてきたカントが、啓蒙は頭脳の闇だけでなく地上の闇にも応用されるべきだとして、「戦争と平和」について考えたのだと解説にある。だからこの平和論はカントにしか語れないものだという言葉に大きく肯いた。学者はこういう仕事をしなければいけない。地上の闇におもねったりするのはとんでもないことだ。「いかなる国も、よその国の体制や政治に武力でもって干渉してはならない」。米大統領がこう考えていたらイラク戦争はなかったはずである。

いのちを大切にするというあたりまえのことを無視した事件が続くが、そのすべての陰にある闇を見つめなければ、行くべき道は見えない。私だけの思考ではなかなか自信が持てないが、考え続けた人が到達したところに平和があるとは、なんとも心強い。「永遠平和」という言葉がまぶしいがこれからはこの言葉を自分のものにして行こう。

おわりに

コロナウイルスがパンデミックという状態で、私も三ヶ月ほどほとんどの時間を自宅近辺で過ごし、仕事はパソコンを通してという状況です。オンラインでの鼎談に参加したり、授業をしたりという初めての体験をしました。正直、コンピュータとはあまり仲良しになろうとは思わずに過ごしてきました。もちろん、仕事に関するやりとりは主としてメールであり、友人とのやりとりも手紙は面倒になりつつあります。ですから、道具としての便利さは認めても、コンピュータと一緒に何かをやっているという仲間意識はどうしても持てません。時々思い通りに動かない時、相手が人間だったらどうしてこうなったのかなと自分の気持に照らし合わせて推測できますが、コンピュータの場合はそれがまったくできません。私がその仕組みに疎いこともありますが、そもそも思考のしかたが違うことがわかっているので、相手の気持ちを想像する気になれないのです。生まれた時から生活の中にコンピュータが存在している世代は仲間意識ありのように見えますけれど。仕事をスムーズに進めるには、違っているという意識はマイナスにはたらくでしょう。でも……やはり違うものと位置づけていた方がよいと思う気持の方が強いのです。非常に役に立つ機械以上のものではないとしておこうと思っています。

これからは恐らく、ＡＩ（人工知能）が生活の中にどんどん入りこんでくるに違いありません。ＡＩは人間を超えるかという問いを立て、中には超えると言う方も少なからずあります。でも私にはＡＩと人間はまったく異なる存在であり、お互いを比べることに意味があるとは思えないのです。

生きものは多様で、それぞれがその能力をせいいっぱい発揮して生きているのであり、ライオンとアリを比べてどちらが優れているとは言えませんし、比較自体が無意味であることは誰もがわかっています。現代文明のもつ価値観は、すべてを一律的に捉え、それを眼に見える数や量で比較して優劣をつけるという判断があります。これですべてに順位をつけるのは間違っていますし、生きやすい社会にはつながらないでしょう。コロナウイルスのパンデミックという状態で、これまでなかなか進まなかったテレワークが進みました。これを機会に、積極的にテレワークを取り入れた暮らし方にしていくことで、働きやすくなる人が増えるでしょう。ただ、新しい社会の仕組みをつくる時に、この本で基本に置いた「人間は生きものである」という視点は忘れないことが必要だと思います。

生きものという視点を生かしながら新しい仕組みを考えるのは楽しい作業になるに違いありません。まずそこで大事なことは、食、健康、住居、教育、環境などです。もちろん政治、経済は社会を動かす基本として欠かせませんが、金融資本主義の下での競争を前提にして社会を考えていくと、お金の動きは活発で経済が活性化しているように見えても、現実には格差が大きくなり、一人一人の生活は決して豊かとは言えない社会になります。先にあげた食や健康などの生活の基本は効率から見ると面倒なことばかりですから、むしろ切り捨てられがちです。けれどもまず生活ありきで、そこから経済を立ち上げていくことになれば、食や健康こそ経済を支える活動となるはずです。一つ一つの動きは金融経済に比べて小さくなるでしょうが、普通に暮らす人への分配がきちんとなされるならば、生活の質は上がります。

このような社会は、分散型でしか成り立ちません。これまで、どんなに分散型とか地方創生などのかけ声がかけられても東京一極集中が進むばかりだった日本ですが、コロナウイルスの感染拡大を防がなければならないという已むに已まれぬ状況から、分散の可能性を探る動きが見えてきているように思います。上からのかけ声でなく、一人一人が分散して、テレワークをしながら食や健康や住居などについて積極的に考えたり、行動したりしてみようとする傾向が出ています。これがどこまで大きな動きになるか。生きものとしてお互いを充分理解し合いながら暮らしていける仲間は百五十人と言われています。WEBの中でのつながりは何万人、何千万人などと言われますが、基本はやはり百五十人に置くのが内容のある生活と言えるのでしょう。分散型社会がどのような形で生まれるか。大事なところにいるのではないでしょうか。

前にも述べましたように、この本は以前に書いたものを集めたものですので、直接新型コロナウイルスによって起きた問題をとりあげてはいません。けれども、高層ビルについての疑問などまさにこれとつながった問題意識で取り上げたものがあります。「人間は生きもの」という視点からは、とても気になるのが高層マンションで生まれ育つ子どもたちです。土や風とまったく無縁の子ども時代を過ごした人は今、私たちが考えているホモ・サピエンスとは別の存在になっているのではないかという問いです。赤ちゃん時代を閉じた空間で過ごすことがどのような存在を生み出すのかについて、そのような環境に生まれ、外とのつながりはスマホという幼児についての研究が少しずつ行われ、脳の構造や機能への影響が示され始めました。まだ結論めいたことを言うことはできませんが、変化が起きていることは明らかなようです。

「人間は生きものである」という視点は、三十八億年の生きものの歴史を踏まえたものです。同時に、二十万年のホモ・サピエンスとして認知革命、農業革命、産業革命、科学革命を体験してきた歴史を踏まえたものです。この流れの中で手にした情報技術を生かした5Gの時代を目の前にしているというのが現在の社会です。そこに現れた新型コロナウイルスの存在にも眼を向けながら、新しい生き方を探る時が今と言えましょう。

ここにある小さな文の集まりが、それに対してどれだけの方向を示せるか。自信があるわけではありませんが、この中にとっかかりがあるはずだとは思っています。「生命誌」という知を創る活動を始めて三十年余になり、生きものへの思いを強く持ちながらも社会全体はまったく異なる方向へ動くのを、歯痒い気持で見てきました。けれども今は「生命誌」を生かせるのではないかという希望を持っています。これがチャンスかなと。そんな思いでこの本を送り出します。

ある日、「書かれた文の中に私の思いと重なるものがいくつもあるので、それをまとめたい」という電話を下さったのが、青土社の前田理沙さんでした。若い方から同じ思いと言われてとても嬉しく、どんな形にするかすべてお任せして作業が始まりました。出来上がった形は前田さんの考えそのものになっています。責任を避けるというのではなく、私の思い込みを抜きにまとめることの意味を考えてのことです。二人のそんな共同作業がよいものになっていることを願っています。

作業途中で時計を見ると十二時。新型コロナウイルスの影響で自宅での仕事が続いており、昼食の用意を間にはさむというこれまで体験したことのない仕事のしかたの中で、日常をいつもより強く意識しています。

二〇二〇年七月

中村桂子

初出一覧

本書収録にあたり、少々加筆と修正を施したがとくに新聞で掲載された記事など書いた時の思いを生かしたいと考え、基本的には初出のままとした。

はじめに　書き下ろし

こどもの視線でのぞいてみれば

生活の中での子どもをよく見て、子どもの言葉を聞く　『現代思想』青土社、二〇一七年九月臨時増刊号
万年おじいさんとの愉快な時間　『こころ』十三号、平凡社、二〇一三年
菜の葉にとまれ　『科学』岩波書店、二〇一四年六月号
小学校農業科のすばらしさ　『コミュニティ』二〇一六年
農業への危機感と希望と　『毎日新聞』二〇一九年十一月三日
ここにある学びの原点　『毎日新聞』二〇一九年五月五日

加速するビル高層化　『中日新聞』二〇一五年十月七日
「少子高齢」社会　『中日新聞』二〇一六年九月十四日

永遠の自由研究者たち

地方に暮らすお茶目でふつうの主婦　『現代思想』青土社、二〇一八年五月臨時増刊号
熊楠に学ぶ重ね描き　『科学』岩波書店、二〇一三年八月号
内発的発展論と生命誌――鶴見和子と南方熊楠　『環』五一号、藤原書店、二〇一二年　＊講演原稿
デクノボーの叡知　『毎日新聞』二〇二〇年一月五日
他にはない科学との接点　『ユリイカ』青土社、二〇二〇年一月号

生きものたちとひざをあわせて

生きものの挑戦は空へ向けて　『季刊ＳＯＲＡ』ＩＤＰ出版、二〇一一年梅雨号
「人新世」を見届ける人はいるのか　『現代思想』青土社、二〇一七年十二月号
新大統領にも注文を　『中日新聞』二〇一六年十一月二十三日
今ここを充実して生きる　『環』四九号、藤原書店、二〇一二年
忘れられた？　教訓　『中日新聞』二〇一六年三月九日
地球に生きる生きものとしての人間を考える　『学士会会報』二〇一七年七月号

発展を問い直す

科学研究のありよう　『中日新聞』二〇一六年十月十九日
ムヒカ流生き方　『中日新聞』二〇一六年五月十八日
豊かさの中の貧困　『中日新聞』二〇一六年二月三日
「一億総活躍」に疑問　『中日新聞』二〇一六年四月十三日
「女性が輝く日本」とは　『中日新聞』二〇一四年十一月五日
人間は生きものである　『中日新聞』二〇一七年三月二十二日
〝よりよく生きる〟には　『中日新聞』二〇一五年九月二日
本当の「グローバル」　『中日新聞』二〇一六年七月六日

平和への祈り

わからない……軍事への傾倒　『中日新聞』二〇一五年三月四日
外からの眼で日本を見直す　『中日新聞』二〇一四年十二月十日
日本の誇り崩すリーダーたち　『中日新聞』二〇一五年七月二十二日
リーダーに不可欠なもの　『中日新聞』二〇一五年四月八日
「戦後七十年」が問うもの　『中日新聞』二〇一五年一月二十一日
パグウォッシュ会議　『中日新聞』二〇一五年十一月十一日
武力を捨て庭園をつくる　『中日新聞』二〇一五年六月十七日

言葉の重みを考える　『中日新聞』二〇一七年一月十一日
カントが語る「永遠平和」　『中日新聞』二〇一六年八月十日
おわりに　書き下ろし

著者　中村桂子（なかむら・けいこ）
1936年生まれ。東京大学理学部化学科卒業、同大学院生物化学修了。理学博士。三菱化成生命科学研究所人間・自然研究部長、早稲田大学人間科学部教授、大阪大学連携大学院教授などを歴任。多様な生物に受け継がれている生命の歴史を読み取る「生命誌」を提唱、1993年にJT生命誌研究館を設立し、副館長に就任、2002年から館長を務め、現在、名誉館長。著書に『小さき生きものたちの国で』、『生命の灯となる49冊の本』（青土社）、『いのち愛づる生命誌』（藤原書店）他多数。2007年に大阪文化賞、2013年にアカデミア賞を受賞。

こどもの目をおとなの目に重ねて

2020年 8 月 25 日　第 1 刷印刷
2020年 9 月 10 日　第 1 刷発行

著　者　中村桂子

発行人　清水一人
発行所　青土社
　　　　東京都千代田区神田神保町 1-29　市瀬ビル　〒101-0051
　　　　電話　03-3291-9831（編集）　03-3294-7829（営業）
　　　　振替　00190-7-192955

印刷・製本　双文社印刷

装　丁　細野綾子

ISBN978-4-7917-7304-6　C0040